KB253786

스톤

스톤

조세래 각본 | 이상민 소설

가연

| 목 차 |

인연의 시작

부득탐승(不得貪勝)

너무 이기려고
욕심을 부려서는 안 된다

"저놈 봐라. 알아서 막다른 데로 들어가 주네. 야, 차 세워
라."

조수석의 인걸이 운전대를 잡은 수하에게 지시하자, 차가
허름한 4층짜리 건물 앞에서 멈췄다. 몰이를 하듯 쫓고 있
던 사내가 허둥대며 건물 안으로 뛰어든 직후였다. 뒷좌석에
앉은 남해는 나른한 시선으로 사내의 뒷모습을 쫓다가 반
쯤 내린 차창 사이로 보이는 낡은 간판으로 눈길을 돌렸다.

'기원인가.'

건물 3층에 자리 잡은 기원의 간판이었다.

남해는 물끄러미 간판을 바라보다가 문득 지시를 기다리
고 있는 인걸과 시선이 마주쳤다.

"형님은 여기서 기다리십쇼. 제가 냉큼 가서 그 썩을 놈을 잡아오겠습니다."

말투는 다소 가벼워도 다부진 체격에 시원스러운 인상의 인걸은 이십 년 가까이 남해를 곁에서 모시고 있는 듬직한 오른팔이었다. 인걸은 벌써 검은 장갑을 챙겨 양손에 끼고 가볍게 몸을 풀 채비를 하고 있었다.

남해는 다시 기원 간판을 흘끗 보더니 조용히 고개를 가로저었다. 달리 긴 말은 필요하지 않았다. 인걸은 남해의 의중을 파악하고 알겠다는 듯 고개를 숙였다. 그러고는 신속히 차에서 내리더니 뒷문을 열어주었다.

인걸이 열심히 뒤따라온 수하들과 함께 앞장을 섰다.

남해는 천천히 계단을 올라갔다.

달아난 사내를 찾는 건 그리 어렵지 않았다. 2층의 부동산 사무실은 오랫동안 영업을 하지 않았는지 출입문에 큼직한 자물쇠가 채워져 있었고, 4층은 가정집이었는데 역시 이중으로 철창을 댄 출입문엔 잠금장치가 있었다. 그사이에 다시 빠져나올 틈도 없었으니 당연히 3층의 기원으로 도망갔으리라.

인걸은 수하들을 앞세워 기원으로 들어갔다.

기원은 대낮인데도 제법 손님이 많았다. 그들 대부분은 딱히 소일거리가 없어 온종일 기원에서 살다시피 하는, 일명 독립군이라 부르는 족속들이었다. 독립군들은 구석에 벌어지고 있는 대국을 지켜보고 있었다. 인걸 일행이 들이닥쳤는데도 대국에만 관심을 보일 뿐, 시선조차 주지 않았다. 때마침 대국이 막 끝났는지 헤진 내복차림을 한 청년이 벌떡 일어나 손을 싹싹 비비더니 민첩하게 계가(바둑을 다 둔 뒤에 승패를 가리기 위하여 집 수를 헤아림. 또는 그런 일)를 했다.

"두 집 차이로 백이 이겼네!"

청년이 히죽거리며 백의 손을 들어주었다.

백을 쥔 사내가 웃으면서 바둑판 옆의 지폐들을 집고, 흑을 잡았던 사내는 침울한 표정을 지으며 고개를 숙였다.

"……"

천천히 뒤따라오던 남해는 승패가 갈린 바둑판을 흘끗 쳐다보았다.

그사이에 인걸은 그들을 지나치며 사무실 옆방으로 성큼성큼 들어갔다. 계가를 했던 청년이 깜짝 놀라 인걸을 따라나섰지만 곧바로 인걸의 수하 중 한 명에게 제지당하고 말았다. 듬직한 체구의 수하가 눈에 힘을 주며 고개를 젓자 청년은 금세 꼬리를 내리며 뒤로 물러섰다.

사무실 옆방은 일명 하우스라고 부르는 사설 도박장이었다. 대낮부터 젊은 사내들이 담배를 피워 물고 둥그런 테이블을 둘러앉아서 카드를 치고 있었다.

"뭐요, 댁들은?"

하우스 장인 듯한, 땅딸만한 청년이 다가와 눈을 부라렸다.

　그러자 행동대장을 맡고 있는 건장한 체구의 상식이 귀찮다는 듯이 청년 가슴팍을 가볍게 밀었다. 꼴사납게 엉덩방아를 찧은 청년은 얼굴을 붉히며 다시 일어서더니 자존심 회복을 위해 상식에게 다가갔다. 하지만 상식이 조용히 노려보자 그 서슬에 눌려 목을 움츠리며 슬그머니 물러섰다.
　"너."
　인걸이 구석에 앉아 딴청을 피우고 있는 사내를 가리켰다. 바로 인걸 일행이 쫓고 있던 사내였다.
　"젠장!"
　다급해진 사내는 몸을 돌려 창문으로 뛰어내리려고 했다. 하지만 인걸이 더 빨랐다. 인걸은 달아나려는 사내의 뒷덜미를 움켜쥐고 번쩍 들어올렸다.
　"쥐새끼처럼 어딜 도망가려고……."
　인걸은 사내를 수하에게 넘겼다. 그러고는 카드를 치고 있는 사내들에게 한차례 눈길을 주더니 한심하다는 듯 혀를 찼다.
　"쯧, 젊은 녀석들이 대낮부터 카드나 치고……."
　그때 한쪽 구석에서 팔짱을 끼고 서서 노름판을 지켜보던 청년이 고개를 들어 인걸을 똑바로 쳐다보았다.
　'허어, 이놈 봐라.'
　인걸은 헛웃음을 삼켰다. 그 청년은 전혀 주눅 들지 않고 인걸을 쏘아보고 있었다. 흔치 않는 일이었다. 제법 담력이

세다는 녀석들도 인걸과 눈싸움을 벌이면 몇 초도 버티지 못하는 게 다반사였다. 너무 당돌해서 버릇을 좀 고쳐줘야겠단 생각이 들어 청년에게 다가서려는데 밖에서 소란스런 소리가 들렸다.

"야, 잡아!"

고개를 돌리니 조금 전의 사내가 인걸의 수하들을 뿌리치고 막 달아나려 하고 있었다. 인걸은 혀를 차고 황급히 밖으로 나갔다.

"이 새끼들아, 뭐하냐!"

인걸이 버럭 소리를 질렀다.

그와 동시에 상식이 거구를 날려 사내의 턱을 후려쳤다. 사내의 고개가 팽이처럼 돌아가며, 한창 대국 중인 바둑판 위로 넘어졌다. 바둑돌이 사방으로 흩어졌다. 대국을 구경하던 독립군들은 자신에게 불똥이 튈까봐 황급히 뒤로 물러섰고, 사무실에선 원장으로 보이는 노인이 뛰어나왔다.

"새끼가 아직 덜 맞았구나!"

상식이 쓰러진 사내의 옆구리를 연거푸 걷어찼다. 눈앞에서 벌어지는 무자비한 폭력에 사람들은 고개를 돌려 외면했다.

"그만해라, 상식아."

인걸이 가볍게 손짓하자, 상식은 발길질을 멈추고 조용히 고개를 숙였다. 옆에서 대기하고 있던 수하들이 축 늘어진 사내를 일으켜 세워 기원 밖으로 끌고 나갔다. 상식은 다시 한 번 고개를 숙이고는 수하들을 따라 기원을 나섰다.

"형님, 가시죠."

이 소란 속에서도 아랑곳하지 않고 구석에서 바둑을 두고 있는 노인들이 있었는데, 그 옆에서 남해도 조용히 대국을 지켜보고 있었다.

"형님?"

인걸이 다시 남해를 불렀다.

남해는 인걸의 목소리가 들리지 않는지 대국에만 정신이 팔려있었다.

"……"

겸연쩍어진 인걸은 낮게 헛기침을 하며 머리를 긁더니 조용히 남해에게 다가갔다. 그때까지도 남해는 바둑판에만 열중하고 있었다.

"형님?"

"……"

여전히 대꾸가 없다.

"형님, 바둑 한 판 두시겠습니까?"

인걸이 넌지시 물었다.

비로소 남해가 인걸을 흘끗 보았다. 그러고는 주변을 두리번거리더니 빈자리로 가서 바둑판 앞에 앉았다.

인걸은 쓰게 웃고는 저쪽에서 쭈뼛거리며 눈치를 보고 있던 원장에게 고개를 돌렸다.

"어이, 거기 영감. 영감이 원장 맞지. 여기서 누가 제일 세? 울 형님이 바둑 좀 두시겠단다. 여기서 제일 센 놈으로 데려와."

원장은 안경을 고쳐 쓰며 조심스럽게 물었다.

"몇 급이나 두시는데……."

인걸은 어이없다는 표정을 지으며 고개를 흔들었다.

"급수 같은 거 물어보지 말고 그냥 최고로 잘 두는 놈으로 데려와! 우리 형님을 어떻게 보고 그딴 소리를……."

원장이 입맛을 다셨다.

"뭐? 여기는 잘 두는 놈 없어?"

인걸이 언성을 높였다.

"아니, 뭐 그건 아니지만……."

원장은 말끝을 흐리며 슬쩍 뒤를 돌아보았다. 그러자 다른 사람들도 일제히 그쪽을 쳐다보았다. 사람들의 시선을 따라가던 인걸은 한쪽 구석에서 기보(棋譜)를 보며 돌을 놓고 있는 청년을 발견하고는 쓰게 웃었다. 조금 전의 그 건방진 청년이었다.

사람들의 시선을 의식했는지 청년이 돌을 놓다말고 고개를 들었다.

바둑판 앞에 앉은 남해도 흥미롭다는 듯 청년을 바라보았다.

"너냐, 제일 센 놈이?"

인걸이 물었다.

청년은 기보를 내려놓고 원장을 쳐다보았다.

원장이 조용히 고개를 끄덕이자, 청년은 짧게 한숨을 내쉬고는 자리에서 일어났다.

"자식이 어른이 물어보면 대답을 해야지……."

청년은 불만스럽다는 듯이 중얼거리는 인걸을 무시하고 남해와 마주 앉았다.

남해는 청년을 찬찬히 뜯어보았다.

젊다. 아무리 많이 봐줘도 스물다섯이나 여섯 정도. 그보다 더 어릴지도 모른다. 하지만 바둑의 세기는 나이와는 상관없다. 요즘은 나이든 기사들보다 젊은 기사들이 더 세다. 바둑은 연륜만으로는 깊이를 잴 수 없다. 그렇더라도 눈앞에 앉은 청년은 남해가 보기엔 너무 젊다. 그런데 묘하게도 그 나이에 흔히 볼 수 있는 패기가 느껴지지 않는다. 미숙함이나 무기력하고 나태함도 보이지 않는다. 무엇보다 눈빛이 살아있다. 묘한 분위기를 풍기는 친구다. 여기서 바둑이 가장 세다고 했던가. 그렇다면 어떤 수로 나를 놀라게 해줄까. 자못 궁금하다. 생각이 거기에 미쳤을 때, 눈앞의 청년은 더는 어린 친구가 아니었다. 남해는 청년의 바둑이 빨리 보고 싶어 조바심을 느꼈다.

그사이에 원장이 바둑돌을 가져왔다.

"내가 군대 3급이고, 우리 형님이 나보다 조금 위시니까 이렇게 여섯 점을 깔아줄게.”

인걸은 물어보지도 않고 대뜸 바둑판 위에 흑돌 여섯 점을 놓더니 백돌을 담은 바둑통을 남해 앞에 놓았다.

“뭐, 이렇게 해도 이길 순 없겠지만. 좋은 경험을 한다 치고 학생이 형님에게 한 수 배워봐. 바둑도 고수를 만나야 실력이 느는 거야.”

뭐가 그리 우스운지 옆에서 원장이 키득거렸다. 다른 사람들도 마찬가지였다.

“이보시오! 여기 박민수 사범은 한국기원 연구생 출신인데, 이세돌이도 함부로 못 접는 바둑이오.”

원장이 말했다.

“뭐? 이세돌이도 못 접는다고? 세돌이는 좀 두는 바둑인데……”

인걸이 미심쩍다는 얼굴로 원장을 쳐다보았다.

“야! 너희들 지금 사기 치는 거 아냐!”

원장이 난감해하며 남해를 쳐다보았다.

‘이 젊은 친구가 사범이라고? 게다가 한국기원 연구생 출신이라……’

남해는 민수를 슬쩍 한번 흘겨보더니 백돌을 민수 앞으로 놓았다. 그러고는 자신은 흑을 잡았다.

“혀, 형님!”

인걸이 당황해서 남해를 쳐다보았다. 하지만 남해는 인걸을 무시하고 민수에게 돌을 놓으라고 손짓을 했다.

민수는 무덤덤하게 돌을 쥐더니 거침없이 첫 수를 두었다.

이것이 두 사람의 첫 만남이자, 첫 대국이었다.

고수와 하수

입계의완(入界宜緩)

적의 세력권에 들어갈 때,
무모하게 서둘거나
깊이 들어가지 말라

대국이 막바지에 이르렀다.

승패는 쉽게 갈렸다.

남해는 여섯 점이란 유리함을 오래 유지하지 못했다. 다소 어눌해 보이기까지 했던 민수는 돌을 쥐는 순간부터 완전히 다른 사람으로 변했다. 그 기세가 건달 짓으로 먹고 사는 남해조차도 깜짝 놀랄 정도로 대단했다. 역시 바둑의 세기는 나이와 무관하다는 간단한 진리를 남해는 새삼 깨달았다.

"끌끌, 저 선상 돌이 다 죽었네."

대국을 지켜보던 내복 차림의 청년, 용배가 혀를 차며 중얼거렸다. 그러자 옆에서 인걸이 용배를 사납게 노려보았다. 용배는 화들짝 놀라며 얼른 시선을 피했다. 인걸은 다시 고개를 돌려 답답하다는 얼굴로 바둑판을 쳐다보았다. 몇 번을 뜯어봐도 남해의 패배가 자명했다.

남해가 패배에 승복하고 돌을 던졌다.

"아니 형님! 여기를 먼저 두셨어야죠 백돌이 다 죽었잖아요!"

인걸이 답답했던 모양인지 가슴을 치며 말했다.

남해가 조용히 인걸을 쳐다보았다.

"저는 그냥……."

인걸은 말끝을 흐리며 고개를 돌렸다.

"젊은 친구가 바둑을 잘 두는군."

남해는 고개를 주억거리며 조용히 자리에서 일어섰다.

"……."

민수는 아무런 대꾸도 하지 않고 그저 말없이 남해를 쳐다보았다.

"우리 박 사범은 보통바둑이 아닙니다. 웬만한 프로들도 못 당해요."

옆에서 원장이 말했다.

"사범이라고? 어린데……."

인걸이 못미더운 눈초리로 민수를 쳐다보았다. 아까도 사범이라고 소개를 했는데도 마치 처음 듣는다는 듯이 중얼거렸다.

"그러니까 사범이죠. 요즘은 어린애들 바둑이 제일 겁나요."

용배도 인걸의 눈치를 살피며 한마디 거들었다.

"애들 바둑이 겁난다고? 그럼 군대바둑은?"

인걸이 질 수 없다는 듯이 되물었다.

"에이, 군대바둑은 아무것도 아니죠."

용배가 피식 웃으면서 손사래를 쳤다.

"뭐, 군대바둑이 별 거 아니라고? 어이, 너 몇 급이야?"

인걸이 눈을 희번덕거렸다.

"왜 그러시는데요?"

용배가 슬금슬금 눈치를 살피며 조심스레 되물었나.

"내가 군대 3급인데 나랑 한 판 붙자."

"난 군대바둑하고 안 둬요."

다분히 무시하는 말투였다.

"왜 안 둬?"

인걸이 흥분한 나머지 콧김을 내뿜으며 따졌다.

"어떻게 군대바둑이랑 둬요. 바둑 질 떨어져요."

후환이 두려웠는지 용배는 말을 내뱉자마자 저만치 내뺐다. 아니나 다를까. 인걸이 눈을 부라리며 언성을 높였다.

"뭐야! 이 새끼가 가만히 보니 군대바둑을 좆으로 보네. 야! 너 이리 나와!"

용배는 가장 연장자인 원장의 뒤로 몸을 숨겼다.

인걸은 씩씩거리며 하우스 장, 광팔을 쳐다보며 물었다.

"너도 군대바둑을 좆으로 보냐?"

　광팔은 왜 불똥이 자기에게 튀나 싶은 표정을 짓더니 고개를 천천히 가로저었다.

"저는 좆으로 안봅니다."

"그럼 뭐로 보냐?"

인걸이 재차 물었다.

"좆으로는 안보지만 거 뭐랄까……."

말끝을 흐린 광팔은 골똘히 생각에 잠기는가 싶더니 눈가에 장난기 어린 얼굴로 피식 웃으면서 내뱉었다.

"개 씹할! 희한한? 뭐, 이런 거?"

여기저기서 웃음이 터져 나왔다.

바둑돌을 통에 담던 민수도 조용히 웃었다.

"이 새끼들! 내 이럴 줄 알았다. 너희들 오늘 나한테 다 죽었어!"

인걸이 펄쩍 뛰며 고래고래 소리를 질렀다.

남해는 인걸을 흘끗 보더니 천천히 걸음을 뗐다.

"형님, 이놈들이 군대바둑을 좆으로 보네요."

인걸이 억울하다는 듯 남해에게 하소연을 했다.

"인걸아."

남해가 걸음을 멈추고 인걸을 돌아보았다.

"예, 형님."

인걸이 목소리를 낮추고 공손히 대답했다.

"군대바둑은 모르겠는데……."

남해는 잠시 말을 끊더니 나작하게 내뱉었다.

"군대, 아주 좆같다."

말문을 잃은 인걸은 눈만 끔뻑거렸다.

"가자."

남해는 인걸을 앞세워 기원을 나갔다.

"……."

민수는 남해의 뒷모습을 물끄러미 바라보며 왠지 가까운 시일에 다시 만날지도 모르겠다고 생각했다.

"오줌이나 때리러 가자."

어느 틈에 광팔이 다가와 민수의 어깨를 툭 쳤다.

민수는 원장을 흘끗 보더니 광팔을 따라 화장실로 갔다.

두 사람은 나란히 서서 소변을 누웠다.

"그 새끼들 조폭들 같던데 바둑도 두네."

광팔이 지퍼를 올리며 지나가는 투로 말했다.

"바둑 두는데 조폭이면 어때."

민수가 시큰둥하게 대꾸했다.

"하긴 바둑이 사람 가리나. 근데 여섯 점에는 쨉도 안되지?"

"잘 두던데."

"보기보단 꽤 두던 모양이지. 그건 그렇고 너 어떤 놈 하고 석 점에 방내기 한번 둬라. 뒷돈은 내가 댈게."

민수는 때때로 실력을 숨기고 내기바둑을 뒀다. 대체로 일은 광팔이 가져왔고, 아직까지는 패한 적이 없다. 한동네에서 자란 친구 사이인 두 사람은 오래 전부터 악어와 악어새 같은 공생관계를 유지하고 있다.

"누군데?"

민수가 지퍼를 올리며 물었다.

"뭐 좀 까불고 다니는 놈인데 별 놈은 아니고."

광팔은 세면대로 가서 손을 씻으며 대수롭지 않다는 듯이 말했다. 하지만 민수는 정색한 얼굴로 따졌다.

"누군지도 모르고 석 점을 접어."

광팔은 세면대 거울에 비친 민수를 쳐다보며 씩 웃어보였다.

"천하의 박민수가 상대를 가리네. 야야, 그래봐야 너보다 한참 하수야. 너답지 않게 앓는 소리를 하고 그러냐."

민수는 한숨을 내쉬었다.

"언젠데?"

　며칠 뒤, 민수는 광팔과 함께 이웃동네 기원을 찾았다. 그곳에 마련된 별실에서 내기 바둑을 두기 위해서였다.

　상대는 30대 중반으로 남루한 차림에 날카로운 인상의 사내였다. 낯이 익지 않은 것으로 보아 주로 지방을 도는 꾼인 듯싶었다. 분위기만 보면 광팔의 말처럼 형편없는 하수 같지는 않았다. 하기야 광팔의 말을 곧이곧대로 믿어본 적이 없으니 그다지 놀라운 일도 아니었다. 그래봐야 바둑 실력은 붙어봐야 아는 법이니까.

사내와 동석한 전주(錢主)는 마흔쯤 먹은 남자였는데 역시 처음 보는 사람이었다. 물론 그러니까 아무것도 모르고 민수를 상대로 내기바둑을 두려는 거겠지만.

"젊은 친구 같은데 우리 최 사범한테 석 점이나 접어주고 이길 수 있겠나? 이거 우리가 반대로 석 점을 접어줘야 하는 거 아닌지 몰라."

전주가 능글맞게 웃으며 말했다. 대놓고 민수를 깔보고 있었다. 유치하기 짝이 없는 심리전이었다.

민수는 말없이 백을 쥐었다.

"바둑에서 나이가 무슨 상관이래. 세면 장땡이지."

광팔이 민수를 대신해서 키득거리며 응수했다.

"뭐, 그것도 맞는 말이네."

상대의 전주가 수긍한다는 듯 고개를 끄덕였다.

"시간 낭비는 그만하고 빨리 시작하죠."

광팔이 말했다.

사내가 전주를 흘끗 보더니 민수와 마주 앉았다.

잠시 침묵이 흘렀다.

흑을 쥔 사내가 바둑판 위에 먼저 석 점을 깔았다. 그러고는 선심을 쓰듯 민수에게 첫 수를 두라고 손짓했다. 사내는 전주처럼 입방정을 떨진 않았지만 마치 자신의 승리가 기정사실인 양 의기양양한 얼굴로 민수의 첫수를 기다렸다.

민수가 조용히 첫 수를 두었다.

사내도 곧바로 다음 수를 두었다.

대국은 의도치 않게 속기로 이뤄졌다.

초반까지는 사내는 승리를 확신하며 매서운 기세로 민수를 몰아붙였다. 그래서인지 언뜻 보기엔 민수가 수세에 몰리는 듯했다.

하지만 중반으로 접어들면서 분위기가 뒤바뀌었다.

의기양양하던 사내의 이마에 송글송글 땀방울이 맺혔다.

대국을 지켜보던 전주의 표정도 조금씩 어두워졌다.

그때까지 잠자코 있던 광팔이 두 사내를 자극하려는 듯 나직이 휘파람을 불었다. 그게 거슬렸는지 사내가 착점을 하고 나서 광팔을 사납게 쏘아보았다.

광팔이 익살스러운 표정을 지으며 손사래를 쳤다.

승기를 잡은 민수가 틈을 주지 않고 사내를 궁지에 몰았다. 민수를 얕잡아봤다가 수세에 몰린 사내는 몇 번이나 축에 걸리고 말았다.

그리고 순식간에 이뤄진 끝내기.

민수가 큰 차이로 이겼다.

믿을 수 없다는 얼굴로 바둑판을 뚫어지게 쳐다보던 사내는 결국 나직이 이를 갈며 돌을 던졌다.

"치수가 안 맞아! 석 점에는 우리 선수가 판 맛을 못 보네!"

전주가 씩씩거리며 돈을 지불하고는 자리를 털고 일어섰다.

"석 점이면 아무나 고(Go)라면서."

광팔이 낄낄거리며 돈다발을 셌다.

"석 점 아니라 넉 점을 놔도 안 되겠어! 이건 뭐 차라리 조훈현이하고 두는 게 낫겠다! 에이, 빌어먹을."

전주가 사내와 함께 기원을 박차고 나갔다.

"살살 좀 다루지. 뭐 그렇게 심하게 하냐? 손님 떨어지게."

광팔이 민수의 몫을 챙겨주며 농담조로 말했다.

민수는 돈엔 관심 없는 듯 바둑판을 물끄러미 쳐다보았다.

"야, 나가자. 어디 가서 삼겹살에 소주나 빨자."

광팔이 민수의 어깨를 툭 치며 말했다.

민수는 대답도 하지 않고 그저 멍하니 바둑판을 바라만 보았다.

남해의 조직이 관리하는 상해 나이트클럽 앞에 검정색 승용차 석 대가 나란히 멈췄다. 아직 해가 중천에 떠 있으니 영업을 하기엔 이른 시각이다. 당연히 유흥을 즐기러 찾아온 손님들은 아니었다.

선두의 차량에서 내린 사람은 남해 조직의 라이벌인 일수회의 2인자 천수였다. 이어서 다른 차량에서도 건장한 사내들이 우르르 내렸다.

천수는 주변을 한 차례 살피더니 사내들을 이끌고 나이트클럽으로 들어갔다. 계단을 내려가는 천수의 표정은 그리 밝지 않았다. 썩 유쾌하지 않은 일로 방문한 탓도 있겠지만 어딘가 구질구질한 나이트클럽의 분위기가 맘에 들지 않은 모양이었다.

이윽고 계단을 다 내려가자 넓은 홀이 눈에 들어왔다.

"왔냐."

저쪽 테이블에서 누군가가 알아보고 손을 흔들었다.

인걸이었다.

이미 예정된 방문이었기 때문에 몇 시간 전부터 수하들을 모아놓고 기다리던 중이었다. 테이블을 꽉 채운 인걸의 수하들을 보고 천수는 눈살을 찌푸렸다.

"넌 목에 깁스를 했냐. 어른을 보면 인사를 해야 할 거 아니냐."

인걸이 불만스럽다는 투로 말했다.

"잘 지내셨습니까."

천수가 마지못해 건성으로 고개를 숙였다.

"들어가 봐라. 안에서 형님 기다리신다."

인걸이 턱짓으로 내실을 가리켰다.

"너희들은 여기서 기다려라."

천수는 수하들에게 짤막한 지시를 내리곤 내실로 걸음을 옮겼다. 안으로 들어가니 남해가 홀로 술을 마시며 케이블

TV를 보고 있었다.

천수는 말없이 90도로 허리를 숙였다. 예를 갖춘 행동 같았지만 어딘가 모르게 성의도 없고 진심이 느껴지지 않았다.

"건강하셨습니까, 형님."

남해는 천수에게 눈길조차 주지 않고 빈 잔에 술을 따랐다. 하지만 천수에게는 술을 권하진 않았다.

"……."

어색한 침묵이 흘렀다.

남해는 천수에게 앉으란 말노 하시 않고 리모컨만 민지직거렸다. 일종의 기싸움이자 후배 길들이기였다.

"저기, 형님……."

인내심의 바닥이 드러난 천수가 참지 못하고 낮게 헛기침을 하고 조용히 입을 열었다. 남해는 여전히 천수에게 눈길을 주지 않았다.

"애기들 싸움에 형님까지 나서면 제가 중간에서 처신하기가 힘듭니다. 그리고 우리애가 실수 좀 했다고 그렇게 다구리까지 놓으면 솔직히 무척 섭합니다. 제 입장도 거시기하고……."

남해는 천수의 말을 건성으로 들으며 채널을 바꾸다가 바둑 채널에 고정시켰다.

"천수야."

"예?"

"바둑은 둘 줄 아냐?"

뜬금없는 질문이었다.

천수는 고개를 갸웃하고는 성의 없는 목소리로 대꾸했다.

"백수시절에 죽고 사는 건 배웠습니다."

"패는?"

남해가 다시 물었다.

천수는 이 양반이 갑자기 왜 이러나 싶은 얼굴로 남해를 멀뚱멀뚱 쳐다보다가 마지못해 대꾸했다.

"그 정도는 알죠."

묻는 말이니 대답은 하고 있지만 의중을 몰라 머릿속이 혼란스러웠다. 전부터 속을 알기 힘든 양반이라는 걸 알았지만 이건 정도가 심하다 싶었다. 하지만 내색하진 않았다. 천수는 또 무슨 소리를 하려나 싶어 곁눈질로 남해를 바라보았다.

"나도 근간에 다시 재미를 붙이고 있는데……."

비로소 남해가 천수에게 눈길을 주었다.

"참, 좋다."

그게 전부였다. 다른 말은 없었다. 도무지 영문을 알 수 없었지만 일단 맞장구를 쳐주는 게 낫겠다 싶었다.

"저도 나이 들면 좀 둬볼까 합니다."

천수가 말했다.

"종태는 잘 있냐?"

남해가 물었다.

종태는 천수가 모시고 있는 형님으로, 남해보다는 후배였다.

"예. 그렇잖아도 종태 형님이 형님께 안부를 전하라 하셨습니다. 돌아가면 바둑 두시면서 고상하게 계시더라고 전해 드리겠습니다."

다소 비아냥거리는 말투였지만 남해는 별다른 반응을 보이지 않았다. 용건이 끝났으면 어서 가보라는 듯 손짓을 할 뿐이었다. 그러고는 다시 고개를 돌려 이제 막 시작한 대국을 관전하기 시작했다.

"그럼 가보겠습니다."

천수는 90도로 허리를 숙이고는 내실에서 나왔다.

천수가 홀로 나오자 테이블에서 대기 중이던 일수회 조직원들이 일제히 일어섰다.

"가자."

수하들을 이끌고 서둘러 걸음을 옮기는 천수의 뒤통수에 걸쭉한 목소리가 꽂혔다.

"야, 천수!"

인걸이었다.

또 무슨 일인가 싶어 천수는 떨떠름한 표정으로 인걸을 쳐다보았다.

"다음번엔 종태에게 직접 오라 그래."

천수는 얼굴을 구겼다. 굳이 배분을 따지자면 인걸과 종태는 동기지간이었다. 하지만 그렇더라도 그건 어디까지나 과거의 일이다. 지금은 엄연히 한 조직을 이끄는 수장이고, 더구나 자기가 모시고 있는 형님이다. 아무리 동기라고 하지만 따지고 보면 자신이나 인걸은 조직 내의 서열은 같다고 볼 수 있다. 그걸 알면서도 함부로 입에 이름을 담는 건 대놓고 무시하는 것이나 다름없다. 게다가 이번이 처음도 아니었다. 언제고 이 문제를 갖고 따질 필요가 있다고 생각했지만 적어도 지금은 아니었다. 괜히 긁어 부스럼을 만들 필요는 없었다. 그래서 천수는 분을 삭이며 입술을 깨물었다.

"내 말, 잘 안 들리냐? 다시 이야기해줄까?"

인걸이 이죽거렸다.

"아닙니다. 알아들었습니다. 그런데 형님."

"뭐?"

"이건 제가 드릴 말씀은 아닌 것 같지만 이제 큰형님 은퇴시키고 조용히 살도록 해 줘야 되지 않겠습니까?"

천수가 조소를 머금으며 물었다.

그러자 인걸이 가소롭다는 듯 웃으면서 말했다.

"드릴 말씀이 아니면 하지를 마."

그러고는 인걸이 턱짓으로 출입구를 가리켰다.

"용건 끝났으면 가, 인마!"

재회

공피고아(攻彼顧我)

적을 공격할 때
나의 능력과 결점 유무 등을
먼저 살펴라

가만히 있으면 졸음이 쏟아질 만큼 햇살이 좋은 나른한 오후였지만, 기원 내 별실의 하우스는 여느 때와 마찬가지로 불온한 활기로 가득했다.

"맞았으면 가져가라."

모처럼 좋은 패를 잡았는지 선수 한 명이 의기양양하게 웃으며 말했다. 그가 쥔 패는 에이스 석 장에 텐이 두 장, 풀하우스였다. 다들 낙담하며 카드를 내려놓자 히죽 웃으며 수북이 쌓인 지폐 다발에 손을 뻗었다.

그때 용배가 손을 번쩍 들었다.

"아니, 이게 뭐야? 막장에 좆같은 게 하나 떴네?"

J가 넉 장. 포 카드였다.

여기저기서 탄식이 흘러나오고, 용배는 낄낄거리며 판돈을 쓸어 담았다.

그때 신문을 뒤적이던 광팔이 무릎을 탁 치며 말했다.

"허허, 2, 30대 백수가 삼백만이 넘네. 이런 씹할! 다 노네! 놀아."

자칫 험악해질 수 있는 분위기를 환기시키려고 일부러 과장된 제스처를 보인 것이다. 광팔의 의도를 알아차린 용배가 피식 웃으며 눈을 찡긋했다.

"자, 다시 학교 갑시다."

용배가 패를 돌리며 말했다.

선수들이 마지못해 돈을 꺼냈다.

구석에서 팔짱을 끼고 지켜보던 민수는 흥미를 잃었는지 창밖으로 고개를 돌렸다.

바로 그때였다.

문이 벌컥 열리더니 낯익은 사내가 성큼성큼 들어왔다.

인걸이었다.

"너."

"……?"

민수는 영문을 몰라 자신을 가리키는 인걸을 빤히 쳐다보았다.

인걸은 이유도 설명하지 않고 성큼성큼 다가오더니 민수의 팔을 잡고 다짜고짜 밖으로 끌고갔다.

"뭡니까."

광팔이 팔을 걷어붙이며 인걸을 막아섰다.

"비켜, 인마."

인걸이 거추장스럽다는 듯 광팔의 뒷덜미를 낚아채듯 잡더니 옆으로 밀어버렸다. 광팔은 속수무책으로 나자빠지고 말았다. 광팔이 어금니를 깨물고 다시 일어섰을 때는 이미 인걸은 민수를 데리고 사라져버렸다.

"아, 씨발. 스타일 구기네."

광팔은 멋쩍은 표정을 지으며 뒷머리를 긁었다. 그리고는 하우스 출입문을 닫고 다시 게임에나 임하라며 선수들을 다그쳤다.

인걸은 민수를 건물 앞에 세워둔 차에 무작정 태웠다.

"지금 어디 가는 겁니까?"

민수가 물었다.

"따라와 보면 알아."

인걸은 귀찮다는 듯이 내뱉고는 차를 출발시켰다.

민수도 더는 묻지 않았다.

인걸은 흘끗 룸미러로 민수를 쳐다보고는 보기보다 뱃심이 좋은 녀석이라고 생각했다. 어지간하면 이런 상황에서 겁을 집어먹을 만한데도 민수의 표정은 무덤덤하기만 했다. 덕분에 민수를 다시 보게 되었다.

잠시 후, 차는 어떤 건물 앞에서 멈췄다.

건물 지하에는 남해가 운영하는 대부업체 사무실이 있었다.

차에서 내린 인걸은 민수를 앞장세워 지하로 내려갔다.

사무실을 지키고 있던 조직원들이 인걸과 민수가 나타나자 황급히 자리에서 일어나 넙죽 허리를 숙였다.

인걸은 민수를 데리고 사장실로 들어갔다.

남해는 바둑판 앞에 앉아서 일간지에 실린 묘수풀이 문제를 놓고 깊은 고민에 빠져 있었다. 아무리 궁리를 해봐도 해법을 알 수 없을 것 같았다. 뒤늦게 인기척을 느낀 남해는 고개를 들었다가 뜻밖의 손님을 보고 깜짝 놀라는 표정을 지었다.

"……?"

남해가 무슨 일이냐며 눈짓으로 물었다.

"아, 그게 그러니까, 형님이 그 문제를 못 풀고 너무 힘들어 하시는 것 같아서 제가 이 친구를 데려왔습니다."

인걸이 능청스레 웃으며 말했다.

이번엔 민수가 고개를 갸웃거렸다.

"……?"

인걸이 멀뚱히 서 있는 민수의 등을 떠밀더니 억지로 바둑판 앞에 앉혔다.

"야 뭐해! 어디 시원하게 풀어봐."

민수는 말없이 바둑판만 쳐다보았다.

"풀어보라니까! 너 바둑 세다며. 사범이라면서 이 정도도 못 풀어? 이세돌이도 함부로 못 접는다더니 그거 다 뻥이었냐."

인걸이 비아냥거렸다.

"제가 무슨 학습지 교삽니까! 문제 풀러 다니게."

민수가 퉁명스럽게 내뱉자, 인걸은 손을 번쩍 쳐들었다.

"아니 이 새끼가!"

하지만 민수는 전혀 주눅 들지 않고 인걸을 똑바로 쳐다보았다.

"인걸아"

남해가 나직이 불렀다.

"예, 형님."

인걸이 얼른 손을 내리고 공손히 대답했다.

"사과해라."

"예?"

"사과하라고."

남해가 다시 무거운 목소리로 말했다.

"아니 형님……."

인걸이 당황해하며 말끝을 흐렸다.

남해는 말없이 눈짓을 보냈다.

"야! 미안하다."

인걸은 마지못해 민수에게 사과했다.

민수가 용건이 끝났다는 듯 자리를 박차고 일어섰다.

"생각은 해 보지만 사활문제가 어렵네."

남해가 지나가는 투로 말했다.

민수는 걸음을 멈추고 바둑판을 보았다. 그러고는 한 수를 놓으며 말했다.

"현현기경에 나오는 문젠데 치중하면 못 잡고 가만히 밀고 들어가면 죽습니다."

민수는 계속 수를 번갈아 놓으며 남해를 고민에 빠뜨렸던 난제를 가볍게 풀어주었다. 남해는 물론이고 인걸마저 감탄한 얼굴로 민수를 쳐다보았다.

"현현기경은 누가 만들었나?"

남해가 물었다.

"엄덕보란 중국 원나라 시대의 명인이 만들었어요."

민수는 너무 쉬운 질문이라는 듯 1초도 쉬지 않고 대답했다.

"덕보? 이름은 별론데."

인걸이 눈치 없이 끼어들었다.

남해는 인걸을 한번 쳐다보고는 다시 질문을 던졌다.

"현현기경이 무슨 뜻이지?"

"그건 저도 잘 모르는데 그 책의 현(玄)자는 '현묘하다'라는 뜻으로 압니다."

민수는 가감 없이 솔직하게 대답했다.

"현묘하다?"

남해가 잘 모르겠다는 듯 고개를 갸웃하며 되물었다.

"도리나 이치에 깊다, 뭐 그런 거죠."

민수는 자기가 아는 대로 이야기를 해주었다.

"……."

남해는 민수의 설명을 곱씹는 듯 골똘히 생각에 잠겼다.

그걸 보고 자기 역할이 끝났다고 여긴 민수가 자리에서 일어서려는데, 인걸이 다시 어깨를 짚으며 강제로 앉혔다.

"형님께서 일어나라 말씀도 안 했는데 도리 뭐 하더니만 안 되겠네."

인걸이 조금 전보다는 한결 누그러진 목소리로 타이르듯이 말했다.

"괜찮다면 바둑 한판 두고 가지."

남해가 넌지시 말하며 지난번과 마찬가지로 바둑판 위에 여섯 점을 깔았다.

민수는 바둑판을 물끄러미 쳐다보다가 결심을 한 듯 돌을 쥐었다.

인걸도 옆에 앉아서 대국을 지켜보았다.

흐름은 지난번과 비슷했다.

남해는 여섯 점을 깔고도 좀처럼 승기를 잡지 못했다.

민수는 차분히 수를 놓으면서 남해의 손을 쳐다보았다. 버릇인지 남해는 바둑돌을 한 움큼 쥐고는 수를 놓을 때마다 다른 손으로 한 알씩 꺼내 쥐었다.

"아니 형님! 그걸 끊어서 싸움을 해야지, 겁 많네! 겁 많아! 형님이 보기보단 겁이 참 많네! 옛날에 그 기백은 전부 어디로 가고 애 앞에서 이 무슨 개망신을!"

이번에도 남해가 수세에 몰리자 옆에서 지켜보던 인걸이 참지 못하고 훈수를 두었다.

남해가 조용히 인걸을 쏘아보았다.

"아니 뭐 말이 그렇다는 거죠. 말이……."

인걸이 목을 움츠리며 말끝을 흐렸다.

남해가 다시 착점 하자, 인걸은 입술을 꽉 깨물며 인상을 찌푸렸다. 또다시 훈수를 두고 싶었지만 그랬다간 불호령이 떨어질 것 같아 꾹 참았다.

그때였다.

사무실 문이 열리더니 상식이 얼굴이 엉망으로 망가진 사내를 끌고 안으로 들어왔다. 상식은 남해와 인걸에게 넙죽 고개를 숙였다.

"문경까지 가서 잡았습니다."

남해는 사내에게 눈길조차 주지 않고 돌을 놓으며 지나가는 투로 물었다.

"돈을 받아주면 받은 돈의 반을 입금하기로 해 놓고 말도 없이 문경은 왜 갔냐? 혹시 놀러 갔냐?"

사내는 우물거리며 제대로 대꾸를 하지 못했다.

순간 남해가 벌떡 일어서더니 사내를 난폭하게 두들겨 패기 시작했다. 사내가 데굴데굴 구르며 비명을 질러댔다.

민수는 전혀 동요하지 않고 수를 놓고는 묵묵히 남해를 기다렸다.

잠시 후, 사내는 차용증에 사인을 하고 상식에게 끌려 나갔다.

대국이 다시 이어졌다.

"이번에 내 차례인가."

남해는 아무 일도 없었다는 듯 태연하게 바둑을 두었다. 의도하지 않았지만 조금 전의 일로 민수의 기가 다소 꺾였을지도 모른다고 생각했다. 바둑도 싸움이나 마찬가지여서 기세가 꺾이면 상대를 이기기가 쉽지 않은 법이다. 하지만 남해의 예상은 보기 좋게 빗나가고 말았다. 민수는 처음과 다를 바 없이 묵직하면서도 예리한 수로 남해를 압박해왔다. 옆에서 인걸이 안타까워하며 몇 번이나 훈수를 뒀지만 그냥 무시해버렸다.

결국 지난번과 마찬가지로 남해가 패하고 말았다.

"임 부장 말처럼 저쪽을 끊고 싸웠더라면 좋았을까……."

남해가 돌을 던지며 아쉽다는 듯이 중얼거렸다.

그 말이 끝나기가 무섭게 민수가 반상 위에서 돌을 걸어내더니 부분복기를 하기 시작했다. 그 재현속도가 상상을 초월해서 지켜보는 남해와 인걸도 입을 다물 수가 없었다.

"햐! 소매치기 보다 손이 더 빠르네!"

인걸이 놀랍다는 듯이 중얼거렸다.

그러거나 말거나 민수는 남해가 지적했던 지점까지 재현하고는 그럼에도 질 수밖에 없음을 돌을 번갈아 놓으며 확인시켜주었다. 결국 어떻게 해도 남해가 질 수밖에 없었던 것이다. 새삼 민수의 실력에 탄복한 남해는 민수를 말없이 쳐다보았다.

"……."

인걸은 민수를 기원 근처까지 차로 바래다주었다.

기원 앞 횡단보도에서 차가 멈추자 인걸이 품에서 두툼한 봉투를 꺼내 뒷좌석에 앉은 민수의 무릎 위로 던졌다.

"받아 둬."

"뭡니까?"

민수가 물었다.

"앞으로 일주일에 두 번만 형님하고 바둑을 좀 둬 줘. 형님이 너 하고 바둑 한번 두고부터 갑자기 바둑에 미쳤다."

"안 두면요?"

"좆 나게 맞는 거지."

인걸이 당연한 걸 묻는다며 주먹을 불끈 쥐어보였다.

"바둑을 배우겠다는 겁니까?"

민수는 이해하기 힘들다는 표정을 지으며 물었다.

인걸이 혀를 차며 대꾸했다.

"배우기는 뭘 배우냐? 그냥 심심하니까 형님이 한 수 하자는 거지. 한 판에 20만원씩 한 달 치야. 이세돌이한테도 이 돈 정도 주면 배울 수 있을 걸!"

"……."

민수가 차에서 내렸다.

"연락이 갈 거야."

인걸이 차창을 내리고 엄포를 놓듯이 말했다. 그러자 민수가 돌아서더니 돈 봉투를 되돌려주었다.

"바둑 두고 싶으면 기원에 오라 그러세요. 그냥 가르쳐 드릴 테니까. 그리고 이세돌 사범은 한 판에 백만 원 줘도 안 둡니다."

"뭐, 뭐, 인마!"

인걸이 버럭 소리를 질렀다

그때 신호가 바뀌었다.

민수는 뒤도 돌아보지 않고 빠른 걸음으로 횡단보도를 건너갔다.

신호등이 바뀌고 빠른 걸음으로 횡단보도를 건너가는 민수.

"하아, 저 새끼가……."

인걸은 멀어져가는 민수의 뒷모습을 바라보며 입맛을 다셨다.

바둑 스승이
되다

기자쟁선(棄子爭先)

바둑돌 몇 점을 희생하더라도.
선수를 잡는 것이 중요하다

다음날 오후, 기원 골방에서 늘어지게 낮잠을 자던 민수
는 광팔의 호출을 받고 근처 사우나 휴게실을 찾아갔다.

"왔냐?"

마중을 나온 광팔이 민수를 보자마자 어깨동무를 하며
구석으로 데려갔다.

"저길 좀 봐라."

광팔이 낮게 속삭이며 턱짓을 했다.

민수는 말없이 그쪽으로 고개를 돌렸다.

구석자리에서 용배가 내기바둑을 두고 있었다. 상대는 처
음 보는 남자였다. 나이는 대략 서른 전후. 풍기는 기질도 그
렇고 자꾸 곁눈질을 하는 게 딱히 고수처럼 보이지 않았다.

그보다 눈에 띄는 것은 옆에 앉은 그의 일행이었다. 나이는 사내보다 대여섯 살 위로 보였는데 초겨울 날씨에 어울리지 않고 쥘부채를 펼치고 열심히 부채질을 하고 있었다. 언뜻 대국에는 관심을 두지 않은 것처럼 보이지만 그의 시선은 시종 바둑판 위를 기민하게 훑고 다녔다.

"보이냐? 용배하고 두는 저 새끼가 선수지만, 그건 어디까지나 페이크고 옆에서 부채질하며 구경하는 새끼가 진짜야. 뭐, 소개하기로는 자기는 그냥 전주(錢主)라고 했지만 내가 보기엔 타짜가 확실해."

광팔이 말했다.

"타짜?"

민수가 되물었다.

"잘 봐! 방금 용배가 착점을 했지. 근데 상대가 안 놓잖아. 그리고 타짜가 자기 바둑을 두는 척 하면서 부채를 부치지. 부채를 잘 봐!"

광팔은 쥘부채를 쥔 사내를 흘끗 쳐다보며 그가 부채질을 몇 번 하는지 두 손으로 장단을 맞춰가며 세었다.

"하나, 둘, 셋, 스톱. 하나, 둘, 셋, 넷, 다섯, 여섯, 스톱. 하나, 둘, 셋, 넷, 스톱! 봤지? 합치면 364잖아. 그러면 선수가 364자리에 착점하는 거야. 부채 저 놈은 내가 봐도 기원 강일급 수준이야."

"364자리가 어딘데?"

"364? 간단해. 바둑판 4등분해서 3코너에 가로 세로 번호대로 이렇게 따라가면 정확하게 착점이 돼."

광팔이 손바닥에 가상의 바둑판을 그리며 간단히 설명을 해주었다.

민수는 수긍했다는 듯 고개를 끄덕였다.

"내가 아는 장소가 한군데 있거든 그쪽으로 데려가서 크게 한판 칠라고. 저놈들 지금 호구 잡았다 생각하고 있단 말이야!"

광팔이 두 손을 싹싹 비비며 말했다.

"많이 죽었어?"

민수가 물었다.

광팔은 엄지를 제외한 나머지 네 손가락을 펼쳐 보이며 음흉하게 웃었다.

"현재, 400개."

그때 용배가 머리를 벅벅 긁으며 돌을 던졌다. 두 사내가 돈을 챙기며 일어서려고 하자, 광팔은 놓칠 세라 황급히 그들에게 다가갔다. 광팔이 웃는 얼굴로 두 사내에게 2차전을 제안했다. 두 사내는 처음엔 난처하다는 표정을 지으며 서로 귓속말로 뭔가를 논의하는 척하더니, 마지못해 승낙하는 제스처를 취했다. 하지만 속으로는 웃고 있는 게 분명했다. 복수전을 성사시킨 광팔이 흘끗 민수를 돌아보더니 조용히 웃으며 눈을 찡끗했다.

몇 시간 뒤.

광팔은 평소 안면이 있다는 근처의 하우스로 사내들을 데려갔다. 선수는 여전히 용배였고 판돈을 두 배로 올렸다. 두 사내는 용배가 본전 생각 때문에 무모하게 복수전을 제안했다고 생각하는 눈치였다. 의외로 순순히 믿는 눈치였다. 아무리 뜯어봐도 어리숙한 인상의 용배가 다른 꿍꿍이로 자신들을 속일 것 같진 않았던 모양이다. 이미 용배의 실력을 파악했기 때문에 판돈을 올리고 장소를 바꿔봐야 결과는 달라지지 않을 거라고 생각하는 듯했다. 하지만 그건 그들의 오판이었다.

하우스 내부의 별실을 대국 장소로 잡았다.

이번에는 광팔이 용배의 옆을 지켰지만 그래봐야 승패엔 아무런 영향을 미치지 않으리라고 두 사내는 확신했다. 그냥 봐도 바둑 실력은 용배가 훨씬 나아보였기 때문이다. 광팔은 그저 입심만 좋은 바람잡이 이상도, 이하도 아니라고 판단했다. 두 사내의 판단이 완전히 틀리진 않았다. 광팔과 용배의 바둑 실력은 서로 엇비슷했고, 둘이서 머리를 합쳐봐야 쥘부채 사내를 당해낼 순 없었다.

그러나 민수는 달랐다.

기껏해야 기원 바둑 강 일급에 불과한 실력으로는 민수를 상대하기엔 역부족이었다. 물론 민수는 전면에 나서지 않는다. 따로 마련된 밀실에서 몰래카메라를 통해 대국을 지켜보며 무전기로 용배에게 묘수를 알려주었다.

대국이 시작되고 몇 분도 채 지나지 않아서 두 사내의 표정이 어두워졌다. 용배의 수가 사우나 휴게실에서 보여줬던 것과는 완전히 다른 수준이었기 때문이다. 영문을 모르는 그들로서는 마치 다른 사람을 상대하는 기분이었다.

결국 첫 판은 너무 손쉽게 내주고 말았다.

두 번째 대국도 딱히 다르진 않았다.

계속 수세에 몰리자 속이 타들어 가는지 타짜가 신경질적으로 부채질을 했다. 그 바람에 사인을 놓친 선수가 엉뚱한 곳에 착점을 하고 말았다.

"여름도 아니고 겨울에 웬 부채질을 자꾸 그렇게 하시나?"

광팔이 시치미를 떼고 넌지시 물었다.

"난 여름보다 겨울이 더 더워. 특이체질이지."

타짜는 말도 안 되는 핑계를 대며 방정맞게 부채질을 했다.

광팔이 히죽 웃으며 대꾸했다.

"거, 좆같은 체질이네."

그사이에 민수의 지시를 받은 용배가 착점을 했다. 광팔이 말을 거는 바람에 타짜가 잠시 놓친 수였다. 누가 봐도 용배의 흑이 백의 대마를 잡은 형국이었다. 어떤 묘수를 둬도 회생할 수 없는 결정적인 한 수였다.

"덥네, 더워. 정말 좆같이 덥네."

타짜가 부채를 탁 접으며 성질을 부렸다.

　그 뒤로도 두 사내는 내리 세 판을 졌다. 사우나 휴게소에서 딴 돈의 세 배를 잃었다. 두 사내는 광팔에게 돈을 주고 씩씩거리며 자리를 털고 일어섰다.

　"또 봅시다."

　광팔이 지폐를 팔랑팔랑 흔들며 사내들의 신경을 긁었다. 두 사내는 대꾸도 하지 않고 하우스를 떠났다.

　민수 일행은 두 사내에게서 딴 돈을 배분하기 위해 이목을 피해서 가까운 건물의 비품창고로 장소를 옮겼다.

　"부채, 그 호구새끼가 바둑은 좀 두데. 아슬아슬하더라고 난 수상전에서 우리 돌이 다 죽는 줄 알았어."

　광팔이 돈을 세며 낄낄거렸다.

　"세 수나 늘어진 패를 시키는 대로 안 두니까 그렇지."

　민수가 이유를 설명해주자, 광팔이 돈을 세다 말고 용배에게 눈을 부라렸다.

　"뭐야? 너, 시키는 대로 안 뒀어? 하수가 어디서 고수를 무시하고 멋대로 굴어. 그러다가 판을 말아먹었으면 어쩔 셈이었어!"

　"미안. 내가 잠시 미쳤어. 나도 모르게 욕심이 생겨서……."

　용배가 두 사람의 눈치를 살피며 머리를 긁적였다.

　"지랄, 그딴 식으로 해서 어디 장사를 계속 할 수 있겠냐. 주의해라, 진짜."

　광팔이 핀잔을 주자 용배는 면목 없다는 얼굴로 고개를

숙였다.

"알았어. 정말 미안하다."

"사과는 민수한테 해야지."

광팔이 번지수가 틀렸다며 눈짓으로 민수를 가리켰다.

"민수야, 미안하다."

용배가 쑥스럽게 웃으며 꾸벅 머리를 숙였다.

그러자 민수는 개의치 않는다는 듯 가볍게 손을 들어보였다.

"다음부턴 실수 없도록 하고. 아까 그 새끼들 잘 구슬려서 몇 판 더 때리자. 이래가지고는 설치비도 안 나오겠다."

광팔이 엄살 아닌 엄살을 피우며 두 사람에게 돈을 건넸다. 그러고 각자 돈을 챙겨서 창고를 나가려는데 갑자기 문이 벌컥 열리며 조금 전의 두 사내가 들이닥쳤다.

타짜는 민수를 흘끗 보더니 그럴 줄 알았다는 듯 고개를 끄덕였다.

"씨발, 어쩐지 수상쩍더라. 세상에 3급 두는 놈이 이세돌이가 봐도 깜짝 놀랄 수를 두는데 그게 말이 돼?"

"이 쌍놈의 새끼들! 강남유부녀 몰카도 아니고 이게 뭐야!"

대국을 뒀던 선수가 대뜸 광팔의 멱살을 쥐었다. 광팔도 질세라 선수의 멱살을 움켜잡고 거칠게 흔들었다.

"까지마, 새끼들아! 시작은 너희가 먼저잖아. 내가 모를 줄 알았냐? 옆에서 부채로 수를 알려준 거 다 알아! 뭐? 겨울이 더 덥다고. 지랄하고 자빠졌다. 특이체질은 개뿔.”

“그래. 이 새끼야. 나는 특이체질이라서 겨울이 더 덥다! 왜, 꼽냐?”

“꼽다, 새끼야.”

용배와 타짜도 서로 멱살을 잡았다.

“야 용배야! 빨리 너희 고모부한테 전화 좀 해라. 이 양아치 사기꾼 새끼들 다 잡아 처넣어 버리게!”

“뭐? 고모부가 뭐하는 놈인데?”

타짜가 짐짓 겁먹은 목소리로 물었다.

“몰랐는데 고모부가 검찰에 있더라고, 이 씨부럴놈들아!”

용배가 타짜의 멱살을 잡고 흔들며 외쳤다. 그때서야 타짜도 허풍이라는 걸 깨닫고 질 수 없다는 듯이 응수했다.

“이런 썩을. 어떻게 고모부들이 전부 검찰에 있네!”

그렇게 네 남자가 서로 드잡이 질을 하는 사이에 민수가 더는 못 봐주겠다는 듯 한숨을 내쉬고는 창고를 빠져나갔다.

“야, 너 어디가! 너, 바둑 몇 급이야!”

타짜가 민수의 뒤통수에 대고 소리쳤다.

“몇 급이냐고, 새끼야!”

창고를 나온 민수는 가까운 성인오락실을 찾았다. 딱히 좋아하는 건 아니었지만 달리 소일거리도 없었다. PC로 포커를 쳤는데 승률은 높은 편이 아니었다. 벌써 환전한 코인의 절반을 잃었지만 어차피 내기바둑을 해서 딴 돈으로 크게 연연하지 않았다. 애초에 돈을 따려고 찾은 것도 아니고 그저 시간을 때우기만 하면 그만이었다. 하지만 모두가 민수와 같은 생각을 하고 이곳을 찾지 않는다.

"아, 씨발. 이거 순 사기 아냐?"

건너편 자리에서 게임을 하던 사내 하나가 버럭 소리를 지르며 모니터를 후려쳤다. 그러자 옆에 앉은 일행도 덩달아 고함을 질렀다. 행색을 보니 두 사람 모두 건달인 듯싶었다. 돈을 모두 잃은 화풀이를 애꿎은 기계를 상대로 풀고 있었다.

"손님, 무슨 일이세요."

마침 근처를 지나던 여종업원이 당황한 얼굴로 그들에게 다가가 이유를 물었다. 그러자 건달들은 다짜고짜 욕설을 퍼부었다.

"이런 염병, 보고도 몰라? 니들 이거 다 짜고 치는 거 아냐. 승률이 왜 이리 낮아. 한 번도 따질 못했잖아, 씨발."

"죄송합니다, 손님."

여종업원이 겁먹은 얼굴로 사과했다.

"죄송해? 말로만? 돈을 다 잃었는데 죄송하면 다 끝나? 뭐, 이런 좆같은 경우가 다 있어. 야야, 됐고. 사장 나오라고 해. 여기 사장 없어?"

일행인 사내가 고래고래 소리를 지르며 의자를 걷어찼다.

그러다가 곱지 않은 시선으로 이쪽을 바라보고 있는 민수를
발견했다. 민수는 귀찮은 일에 휘말리고 싶지 않은지 다시
모니터로 고개를 돌렸지만 이미 엎질러진 물이었다.

"야, 너!"

둘 중 키가 더 큰 사내가 민수를 불렀다.

민수는 모니터만 쳐다보며 일부러 듣지 못한 척을 했다.
하지만 그게 오히려 건달들의 화만 돋우고 말았다.

"이 새끼가 근데……."

건달들은 여종업원을 밀치고 민수에게 다가갔다.

"야, 너 몇 살이냐? 어린 새끼가 벌써부터 도박이나 하러
다니고. 아주 싹수가 노란 새끼네. 너, 돈 있으면 우리 좀 빌
려주라."

옆으로 다가선 키 큰 사내가 눈을 희번덕거리며 말했다.

"……."

여전히 민수는 대꾸도 하지 않고 모니터만 쳐다보았다.

"근데 이 새끼가 귀에 뭐를 박아놨나! 형님이 이야기하는
데 대답이 없네! 너, 학교에서 뭘 배웠어? 응?"

또 다른 사내가 손바닥으로 민수의 뒤통수를 툭툭 건드
리며 시비를 걸었다. 민수는 이를 꽉 깨물었다.

"뭐야, 이 새끼 벙어리인가. 아니면 반항을……."

그때였다.

민수가 벌떡 일어서며 뒤통수를 건드리던 사내의 면상에

주먹을 꽂았다. 사내는 미처 피하지도 못하고 보기 좋게 나자빠졌다. 키 큰 사내가 당황해서 민수를 쳐다보았다. 설마 민수가 덤빌 거란 생각을 하지 못했던 모양이다. 민수도 스스로에게 놀랐다. 생각보다 몸이 먼저 움직인 것이다.

"아니, 이 자식이 정말!"

뒤늦게 사태파악을 한 키 큰 사내가 민수에게 주먹을 날렸다.

턱을 맞은 민수는 한 걸음 물러섰다가 곧바로 맞받아쳤다.

그사이에 넘어졌던 사내가 일어나 민수의 옆구리를 걸어찼다.

중심을 잃고 민수가 넘어지자, 키 큰 사내도 합세해서 발길질을 했다.

민수는 이를 악물며 키 큰 사내의 발목을 잡고 힘껏 밀어붙였다. 그 바람에 키 큰 사내는 엉덩방아를 찧었다. 또 다른 사내가 고함을 지르며 주먹을 휘둘렀지만, 민수는 아랑곳하지 않고 쓰러진 키 큰 사내의 가슴팍에 올라탔다.

"뭐하는 새끼들이야!"

출입문에서 고함소리가 들렸다.

그러더니 검은 정장을 걸친 사내들이 달려와 세 사람을 서로 떼어냈다. 행패를 부렸던 두 건달은 저항도 하지 못하고 늘씬하게 얻어맞았다.

"너는 또 뭐냐."

그 사이에 누군가가 다가와 바닥에 주저앉은 민수의 머리채를 움켜쥐었다.

"어?"

서로 아는 얼굴이었다.

민수를 일으킨 거구의 사내는 남해의 수하인 상식이었다.

상식은 난처하다는 얼굴로 고개를 돌려 출입문을 쳐다보았다.

때마침 남해와 인걸이 들어오고 있었다.

"형님, 저 녀석은……."

"……!"

민수를 알아본 두 사람은 놀란 표정을 지었다. 민수도 당황하기는 마찬가지였다. 생각지도 못하는 순간에 마주쳤기 때문이다.

"이렇게 만났는데 바둑이나 둘까."

남해가 말했다.

"에헤이, 거참."

인걸이 탄식을 흘렸다. 옆에서 보기에 남해가 또 잘못된 곳에 돌을 놨기 때문이다. 하지만 남해는 꿋꿋하게 자기 방식을 고수했다. 그런 남해를 상대하는 민수의 표정인 아무런 변화가 없었다. 바로 가까이에서 우락부락한 인걸과 거구의 상식이 술을 마시고 있는데도 전혀 동요하지 않았다. 어지간한 강심장이 아닐 수 없었다. 건달들의 본거지인 나이트클럽 내실에 불려와 그 보스라 할 수 있는 사람과 대둑을 두고 있는데도 한 치의 양보도 없거니와 오히려 상대를 압도하고 있었다. 보통은 이런 경우라면 눈치도 살피고 일부러 져주기도 할 텐데 민수는 전혀 그런 모습을 보이지 않았다.

장고 끝에 남해가 돌을 놓자, 민수도 기다렸다는 듯이 곧바로 착점을 했다. 남해의 패배를 거의 확정짓는 한 수였다.

"여섯 점으로는 박 사범 자네에게 못 이기겠구먼."

남해가 쓰게 웃으며 말했다.

그러자 지켜보는 것만으로는 성이 안 차는지 인걸이 잔을 내려놓더니 엉덩이를 들고 일어섰다.

"형님, 나와 보십시오. 이 친구를 내가 맞바둑으로 한 번 보내버리게요. 너, 인마. 내가 군대 바둑 3급이거든?"

남해가 인걸을 흘끗 쳐다보았다.

"술 마셔라, 인걸아."

"예, 형님."

인걸은 얼른 꼬리를 내리고 상식과 잔을 부딪쳤다. 상식은 웃음을 참느라 입술을 꽉 깨물었다.

"참 희한하지. 여섯 점을 놓으면, 전부 내 집 같고 누구한테도 이길 것 같은데 막상 두면 잘 안 돼."

남해가 돌을 만지작거리며 지나가는 투로 말했다.

“싸움도 잘하면 한 명이 여섯 명을 해치우잖아요.”

민수가 천연덕스럽게 말했다.

“싸움은 목숨을 걸지만, 바둑은 목숨을 걸지 않는데……”

마치 기싸움을 벌이듯 남해가 한마디 덧붙였다. 민수도 거기에 굴하지 않고 능청스럽게 응수했다.

“바둑도 목숨을 겁니다.”

“목숨을 걸어?”

남해는 돌을 고르다말고 멈칫하며 민수를 쳐다보았다. 민수는 그 눈빛을 피하지 않고 담담히 남해를 응시했다.

“자네……”

남해는 잠시 말을 끊었다가 숨을 고르고는 다시 말을 이었다.

“나에게 바둑 좀 가르쳐 줘.”

“……”

다소 뜻밖이었는지 민수는 말없이 남해를 쳐다보았다. 옆에서 술을 마시던 인걸과 상식도 놀라기는 마찬가지였다.

“내 바둑선생이 돼 줘. 난 살면서 한 번도 선생이 없었어.”

남해가 자조적인 목소리로 덧붙였다.

‘살면서 한 번도 선생이 없었다.’ 민수는 남해의 말을 속으로 되었다.

기로에서
길을 묻다

사소취대(捨小取大)

눈앞의 작은 이득을
탐하지 말고
대세를 취하라

수업은 다음날부터 바로 시작했다.

인걸이 수하 중 하나를 서점으로 보내 바둑관련 서적을 사오라고 시켰다.

몇 십 분이 지나서 심부름을 갔던 사내가 여러 권의 바둑 교재를 가지고 들어왔다.

"야! 형님이 봐야 할 책 한 권 골라 봐."

인걸이 교재들을 테이블에 죽 늘어놓으며 민수에게 말했다.

민수는 말없이 교재들을 살펴보았다.

"이세돌이는 정말 바둑을 잘 두나?"

남해가 표지에 이세돌의 사진이 있는 교재를 집더니 지나 가는 투로 넌지시 물었다.

“그렇습니다.”

민수가 조용히 고개를 끄덕였다.

“자네하고 차이가 많이 나?”

“아이고 형님도! 세돌이는 프로 중에서도 이거고 이 친구는 생 아마추언데, 차이 좆 나게 나지 않겠습니까?”

인걸이 불쑥 끼어들었다. 그러자 남해가 인걸을 조용히 노려보았다. 인걸은 얼른 실수를 인정하고 목을 움츠리며 민수의 기다렸다.

“좆 나게 납니다.”

민수가 인걸을 흘끗 보더니 웃으면서 말했다.

인걸이 살았다는 듯 안도의 한숨을 내쉬더니 방금 전의 일을 까맣게 잊었는지 교재 하나를 집으며 다시 참견하고 나섰다.

“형님은 정석은 다 뗐을 테고. 자, 이게 어떻습니까? ‘포석의 재발견’ 이 책을 봐야 될 것 같은데……”

남해가 무덤덤하게 쳐다보자, 인걸은 자신 없는 목소리로 말끝을 흐리며 도움을 바란다는 듯 민수를 흘끔 쳐다보았다.

민수는 조용히 웃더니 두 권의 책을 골라 남해 앞에 놓았다.

“오호라, ‘행마의 원리’와 ‘중급사활’. 그렇지, 형님 실력이면 중급은 봐야겠지. 그럼 나는 뭐를 봐야 돼? 내가 군대 3급인데……”

인걸이 물었다. 그러면서 은근히 뭔가를 기대하는 눈빛으로 민수를 쳐다보았다.

민수는 신중하게 교재들을 살피더니 '바둑의 첫 걸음'이란 책을 슬며시 인걸 앞으로 밀었다. 옆에서 상식이 입에 물고 있던 술을 내뿜으며 웃음을 터뜨렸다.

"뭐야 이게! 이 새끼가 나를 완전히 초짜로 보네. 야! 너 오늘 나한테 죽었어!"

인걸이 펄쩍 뛰자, 상식이 부둥켜안으며 말렸다.

남해도, 민수도 그런 인걸을 보며 조용히 웃었다.

민수는 바둑 선생이 되어달라는 남해의 요청을 얼떨결에 승낙하긴 했지만 그렇게 열심히 하리란 기대는 하지 않았다. 기껏해야 남아도는 시간을 때우기 위한 소일거리의 일환 정도쯤으로 생각하겠지. 처음 며칠 동안은 열의를 보이겠지만 하루, 이틀 지나고 일주일이 지나면 언제 그랬냐는 듯이 금세 시들어질 테고. 하지만 민수의 예상은 보기 좋게 빗나갔다. 남해는 기원에서 가르쳤던 그 어떤 학생보다 더 열심이었고 열의도 대단했다. 덕분에 민수는 남해가 허투루 말을 내뱉는 사람이 아니라는 것을 깨달았다. 그리고 자신도 모르게 그의 열의에 조금씩 동화되는 기분마저 들었다.

그렇게 바둑 선생을 시작하고 얼마쯤 지나서였다. 여느 때와 마찬가지로 민수는 늦은 오후에 대부업체 사무실로 찾아와 남해와 바둑을 두었다. 그리고 늘 그렇듯 수세에 몰린 남해는 돌을 한손에 잔뜩 쥐고 바둑판을 골똘히 쳐다보았다.

민수는 돌을 놓고 남해의 손을 흘끗 쳐다보았다. 저렇게 한 번에 많이 쥐고 있으면 불편하지 않을까. 항상 이유가 궁금했지만 좀처럼 물어볼 틈이 없었다. 그래서 지금쯤이면 물어봐도 되지 않을까 생각하며 넌지시 말을 꺼내려는데, 상식이 정장을 말끔히 차려입은 중년남자를 데리고 사장실로 들어왔다.

"데려왔습니다, 형님."

상식이 거칠게 사내를 남해의 옆으로 데려가 무릎을 꿇렸다.

머리숱이 적고 배가 불룩한 사내로, 얼마 전까지 남해와 일을 함께 했던 대행사 사장이었다. 그는 남해의 앞이라서 무척 긴장을 했는지 이마에서 땀을 비 오듯 흘렀다. 정작 남해는 그에게 눈길조차 주지 않고 바둑에만 열중했다. 침묵이 길어지자 대행사 사장은 이러지도 저러지도 못해 똥마려운 강아지마냥 끙끙거렸다.

"바둑을 좀 두십니까?"

한참 만에 남해가 침묵을 깨고 입을 열었다.

"예? 아, 예. 그게 그냥 옛날에 군대에서……."

전혀 생각지도 못했던 질문이었는지 대행사 사장은 당황

하며 말끝을 흐렸다.

남해는 돌을 놓으려다가 흘끗 그를 쳐다보았다.

"우리 임 부장도 군대 3급이오."

"저는 군대 6급 정도……."

시행사 사장은 남해의 눈치를 살피며 조심스레 말했다.

"위기십결이 무슨 말인지 아시오?"

이번에도 의중을 알 수 없는 질문이 이어졌다. 대행사 사장은 거의 기어들어가는 목소리로 대답했다.

"들어 본 거 같습니다."

남해가 그러냐며 대행사 사장을 쳐다보았다. 하지만 표정이 밝지 않고 눈빛도 싸늘했다. 그 서슬에 눌린 대행사 사장은 침을 꿀꺽 삼키며 목을 움츠렸다.

"위기십결에 부득탐승이란 말이 있소. 욕심을 내면 사업이 망한다는 뜻이오. 바둑을 두는 사람이 그렇게 세상 돌아가는 걸 몰라서야 되겠습니까?"

"저는 그저 시행사가 시키는 대로만 했을 뿐입니다."

대행사 사장은 쭈뼛거리며 간신히 대꾸했다.

"이 양반, 말 하는 것 보니 대마를 다 죽이겠구먼."

남해가 실소를 머금으며 툭 내뱉었다.

"예?"

죽는다는 말에 깜짝 놀란 대행사 사장이 남해를 쳐다보았다.

그때였다.

"사장님 대마가 다 죽었는데요."

민수가 착점을 하며 조용히 말했다.

"내 대마가 죽어? 사는 수가 없나?"

남해는 당황해서 바둑판을 살피며 물었다.

"살려 드릴까요?"

민수가 반농담조로 되물었다. 그러면서 흘끗 대행사 사장을 쳐다보았다.

"잡아놓고 왜 살려 줘?"

남해가 정색하며 대꾸했다.

"쟤, 누구야?"

잠시 바람을 쐬고 기원에 돌아온 민수는 낯선 아이를 발견하고 광팔에게 누구냐며 물었다. 광팔은 자기도 모른다는 듯 어깨를 으쓱하고는 용배를 쳐다보았다. 용배도 잘 모르는지 고개를 돌려 원장에게 물었다.

"저 아이 누구라고 했죠?"

"김판수 애라던데?"

원장이 자신 없는 말투로 대꾸했다.

"김판수?"

민수는 고개를 갸웃하며 다시 사내아이를 쳐다보았다. 교복을 보니 인근 중학교를 다니는 모양이었다. 아이는 금방이라도 울 것 같은 얼굴로 발을 동동 구르며 바둑에만 정신이 팔린 초로의 남자를 쳐다보고 있었다. 그 남자가 원장이 말하는 김판수였다. 몇 달 전부터 기원을 드나드는 단골 중 하나였는데 내기바둑에 미쳐서 거의 집에도 들어가지 않는 모양이었다. 지금도 자기 아들이 옆에 와 있는데도 눈길조차 주지 않고 바둑판만 뚫어져라 쳐다보고 있었다.

"저 양반은 자식이 왔는데도 저러고 있네."

용배가 혀를 끌끌 차며 중얼거렸다.

보다못한 원장이 거들었다.

"야, 판수야! 거기 옆에 니하고 비슷하게 생긴 애가 있네?"

그러자 김판수는 건성으로 아이를 쳐다보더니 바로 외면하고 마치 남을 대하듯이 말을 내뱉었다.

"애들은 가라. 집에서 부모가 기다린다."

옆에서 봐도 정말 기가 찰 노릇이었다.

"어허, 자식도 못 알아보네."

광팔이 질렸다는 듯이 고개를 가로저었다.

아이가 기다리다 지쳤는지 풀 죽은 얼굴로 터벅터벅 걸어왔다.

민수는 팔짱을 끼고 문가에 서서 아이를 물끄러미 쳐다보았다. 교복 재킷 왼쪽 가슴에 김철호라고 이름이 새겨져 있었다. 성씨가 같은 걸 보니 아들이 맞긴 맞는 모양이었다. 그런

데도 저렇게 바둑에만 미쳐있다니. 민수는 한심하다는 눈빛
으로 한창 대국에만 열을 올리고 있는 김판수를 쳐다보았다.

"너희 아버지가 널 못 알아보냐?"

용배가 철호란 아이에게 말을 걸었다.

철호는 힘없이 고개를 저었다.

"네, 못 알아보네요."

"아버지가 맞긴 하냐?"

용배가 심술궂게 물었다.

그러자 아이가 정색하며 대꾸했다.

"우리 아버지 맞아요."

"잘못 본 거 아냐?"

옆에서 원장도 한마디 거들었다.

"내가 아버지 얼굴도 모르겠어요?"

철호가 황당하다는 얼굴로 되물었다.

"인마, 근데 널 왜 못 알아봐!"

아이를 놀리는 데 재미를 붙였는지 원장은 계속해서 짓궂
게 물었다.

"그걸 왜 나한테 물어봐요!"

철호가 버럭 소리를 질렀다.

"이 새끼 뭐 이런 놈이 있어! 애비나 자식이나……."

원장이 눈을 치켜뜨고 아이를 때리는 시늉을 했다. 그때
민수가 지나가는 투로 한마디 던졌다.

“너, 배고프지 않냐. 라면, 안 먹을래?”

그때까지 울상을 짓고 있던 철호가 라면이란 말에 눈을 빛냈다.

“무슨 라면? 신라면?”

잠시 후. 사람들은 기원 골방에 모여서 용배가 끓인 라면을 먹었다.

철호는 왕성한 식욕을 보이며 라면을 게걸스럽게 먹어치웠다. 반면에 민수는 몇 젓가락 먹지 않고 그릇을 내려놓았다.

“이 기원에서 형이 제일 고수라면서? 형이 우리 아빠보다 세?”

불현듯, 철호가 라면을 먹다 말고 당돌하게 물었다.

“야! 동네바둑을 어디다 갖다 대냐?”

옆에서 원장이 타박했다.

“아빠가 바둑을 잘 두시나 봐?”

민수가 웃으면서 물었다.

“당연하지. 내기바둑만 한 40년 됐으니까 엄청 세지. 아마 모르긴 몰라도 세돌이 형보다도 셀걸!”

철호는 자랑스럽다는 듯이 말했다.

“세돌이 형은 프로잖아, 인마!”

이번에는 광팔이 구박했다.

“프로보다 내기바둑이 더 세요.”

철호는 굴하지 않고 당차게 항변했다.

"누가 그래?"

광팔이 어이없다는 얼굴로 되물었다.

"전에 옆집에 살던 분이……."

"옆집에 누가 살았는데?"

철호는 광팔이 집요하게 물어오자 왠지 자신이 없어졌는지 점점 기어들어가는 목소리로 대꾸했다.

"그게 나이가 좀 들어보이던 사람인데 지난봄에 풍을 맞았어요."

"풍을 맞아? 어린놈이 별 소릴 다 하네. 이놈 이거 희한한 놈이네!"

광팔은 두 손 두 발 다 들었다는 듯 고개를 절레절레 흔들었다.

"너, 세돌이 형은 잘 아냐?"

원장이 혹시나 하는 투로 물었다.

"세돌이 형, 우리 아버지한테 바둑을 배웠어요."

"뭐야? 세돌이 형이, 니 아버지한테 바둑을 배웠다고? 이 새끼가 말하는 거 보니 전부 거짓말이네!"

너무 당돌한 말에 어처구니가 없어졌는지 원장은 철호의 머리를 쥐어박았다.

"아, 왜 때려요!"

"어린놈이 계속 거짓말을 하니까 그러지."

"정말이라고요. 그리고 우리 아빠, 바둑 정말 세요. 말했잖
아요. 내기바둑만 40년이라고."

조용히 지켜보던 민수는 철호의 말을 곱씹어보며 여전히
내기바둑에 정신을 팔고 있는 김판수를 떠올렸다.

'내기바둑만 40년. 거처도 없이 여기저기 전전하며, 나중
에는 자기 자식도 안중에 없는 망가질 대로 망가진 삶. 어쩌
면 나도 그 나이가 되어서는……'

갑자기 기분이 착잡해진 민수는 외투를 챙겨서 밖으로 나
갔다.

"형! 잠깐만! 고수들끼리 바둑이나 한 수 하자고!"

철호가 그릇을 팽개치고 뒤따라 나갔지만 그사이에 민수
는 이미 사라지고 없었다.

"뭐야, 자신이 없으니까 내뺀 거구나."

노름꾼들이 쉴 새 없이 피워대는 담배연기가 안개처럼 자
욱한 사설도박장의 별실.

바둑판을 사이에 두고 20대 후반으로 보이는 청년과 그보
다는 열 살은 더 많은 남자가 비가시적인 기싸움을 벌이고
있었다. 바둑판의 형국은 거의 백중세. 흑도, 백도 쉽게 승을
점치기 어려웠다. 언뜻 보기에 백을 쥔 청년이 조금 유리한
것 같기도 했다. 미세하게 수세에 몰린, 나이든 사내 쪽이 하

우스 대표로 나온 본방의 선수였다.

주변에 모인 노름꾼들이 승패를 놓고 각각의 기사에게 돈을 걸었다. 시간이 흐를수록 배팅한 판돈이 늘어가고 있었나.

어느덧 대국은 공배(바둑이 끝났을 때 흑집도 백집도 아닌 영역)만 남기고 다 둔 상태에 이르렀는데도 본방의 선수가 무슨 영문인지 계속 장고 중이었다.

마침내 공배가 메워지고 두 기사는 계가를 시작했다.

그때 본방의 선수가 누군가에게 눈짓을 보냈다. 그러자 기다렸다는 듯이 두 사람 앞에 음료수가 담긴 유리잔이 놓였다.

본방의 선수가 목이 타는지 음료수를 입에 가져갔다.

그사이에 젊은 청년이 먼저 계가를 마감했다.

음료수를 홀짝이던 본방의 선수가 조용히 잔을 내려놓고 계가를 마무리하려고 손을 뻗었다.

"동작 그만!"

순간, 청년이 버럭 소리를 지르며 본방 선수의 손목을 잡고 비틀었다. 그러자 손안에서 바둑알 두 알이 나왔다.

"그럼 그렇지. 아무리 봐도 내가 반집 더 많은데. 이 반집이 하늘에서 떨어지나 땅에서 솟아나나 했더니, 씨발 콜라잔이었네?"

그러면서 청년은 돌을 뺏어 빈 잔에 떨어뜨렸다.

여기저기서 언성이 쏟아지고 본방의 선수가 고개를 숙였다.

승리를 쟁취한 청년은 판돈을 챙기다가 문득 구경꾼들 사이에서 반가운 얼굴을 발견했다.

"박민수?"

민수는 구경꾼들 사이에서 청년에게 손을 흔들어주었다.

"공배만 남았는데 이건 아무리 세 봐도 내가 반집을 이겼어. 콜라 잔을 드는데 손이 미세하게 떨리더라고 순간적으로 이상하다 싶어 바로 낚아챘지."

바둑에서 이긴 청년이 민수를 상대로 무용담을 늘어놓았다. 그는 한구기원 연구생 출신으로 민수에겐 몇 년 위의 선배였다. 한때는 프로를 꿈꿨으나 번번이 입단에 실패하고 지금은 기원이나 하우스를 전전하며 내기바둑을 두고 있었다. 이젠 그 바닥에서 본명보다는 마공이라는 별명으로 다 알려져 있었다. 마공은 승자의 기쁨을 누리기 위해 민수를 데리고 가까운 고깃집을 찾았다.

"제법이다, 형"

민수가 말했다.

"야, 나도 이 바닥에서 그 정도 짬밥은 된다."

마공은 무시하지 말라는 듯 피식 웃었다.

"입단대회는 이제 안 나와?"

민수가 선배의 잔에 술을 따르며 물었다. 마공은 그 잔을 물끄러미 바라보다가 단숨에 비우더니 쓰게 웃었다.

“입단 포기했다.”

“포기했어?”

민수가 깜짝 놀라 되물었다.

“포기해야지. 입단하기도 어렵지만 설령 운이 좋아 입단하면 또 뭐 하냐, 이 나이에…….”

“그런가.”

역시 나이 들어 하는 입단은 그렇게 의미가 없는 걸까. 하긴 나도 오래 전에 포기해놓고서. 그런데 나는 뭘 하면서 살아야할까. 민수는 선배에게 묻고 싶었다.

“너도 입단 같은 거 이제 생각하지마라.”

이번엔 마공이 민수의 잔에 술을 따라주었다.

“어, 생각 안 해. 근데 형 이태삼이란 사람 알아?”

“알아. 왜?”

마공이 고개를 갸웃하며 되물었다.

“한번 둬 봤어?”

“오래전에.”

마치 그때의 기억을 더듬는 듯 마공은 회한에 잠긴 표정으로 나직이 중얼거렸다.

“나하고 두면 어떻게 돼?”

민수가 물었다.

“그 양반, 왕년엔 내기바둑으로 한 가닥 하셨지. 힘은 장사지만 그래도 끝내기까지 가면 니가 이길 거야.”

마공이 단언하듯이 말했다.

그때였다.

짧은 원피스 차림의 아가씨가 전단지를 들고 가게로 들어왔다. 마공과는 구면인지 바로 알아보더니 살갑게 말을 걸었다.

"어머, 오빠! 여기서 만나네?"

"그러네. 오랜만이야. 장사는 잘 돼?"

"뭐, 항상 그렇지."

"그래, 나중에 한번 봐!"

"오빠! 콜!"

여자가 눈을 찡긋 하고는 전단지를 테이블에 두고 가게를 나갔다.

마공은 여자가 보이지 않을 때까지 손을 흔들어주었다. 민수는 그런 선배를 말없이 쳐다보았다.

"……."

민수의 시선을 의식했는지 마공은 낮게 헛기침을 했다. 그러더니 뒤늦게 뭔가 생각났다는 듯이 급히 자리에서 일어났다.

"아, 내 정신 좀 봐라. 깜빡하고 있었네. 민수야, 나 미리 약속한 대국이 있어 올라가봐야 된다. 오랜만에 만났는데 정말 미안하다."

그러더니 지갑에서 지폐 몇 장을 꺼내 테이블에 내려놓고는 가게를 나섰다.

"이건 차비 하고……."

민수는 가게를 나가는 선배의 뒷모습을 쳐다보았다.

마공이 돌아서서 잘 가라고 손을 흔들었다. 민수의 눈에는 선배의 눈빛이 어딘가 모르게 슬퍼보였다.

이윽고 선배가 사라지고 나서도 민수는 한동안 자리에서 일어나지 않았다.

얼마쯤 더 지나서 민수는 선배가 주고 간 차비를 챙겨서 지갑에 넣고 쓸쓸히 가게를 나왔다. 하지만 막상 어디로 가면 좋을지 몰라서 그냥 멍청히 서 있기만 했다. 갑자기 길을 잃어버린 기분이었다.

다시 며칠이 지났다.

나른한 오후인데도 기원의 분위기가 평소랑 다르게 후끈 달아올랐다. 기원을 대표하는 사범 민수와 방랑기객 이태삼이 진검승부를 벌이고 있었기 때문이다.

두 사람은 한 수, 한 수, 한 치의 양보도 없이 그야말로 피 말리는 대국을 펼치고 있었다.

과연 마공이 이야기했던 것처럼 이태삼의 기운은 나이가 무색할 정도로 상당했다. 오히려 젊은 민수가 밀리는 기분이었다.

한 시간 가까이 펼쳐진 대국은 어느덧 중반을 넘어 종반으로 치닫고 있었다.

역시 나이를 속일 수 없는 것인지, 이태삼의 호흡이 눈에 띄게 거칠어졌다. 반면에 민수는 처음과 다름없는 자세를 유지하고 있었다.

이태삼의 착점에 이어, 민수는 돌을 놓고 숨을 고르다가 구경꾼들 사이에서 대국을 관전하고 있는 남해를 발견했다.

남해는 무표정하게 민수를 응시했다.

민수는 다시 바둑에 집중했다.

시간이 계속 흘렀다.

여전히 흑과 백은 백중세.

하지만 이태삼의 호흡은 아까보다 훨씬 거칠어진 상태였다.

장고 끝에 민수가 회심의 한 수를 뒀다.

이태삼이 입술을 깨물었다. 겨우 한순간이었다. 그 찰나에 잠시 시야를 잃는 바람에 민수의 수를 읽지 못했다. 예전 같으면 결코 저지르지 않을 실수였다. 깊은 회한에 그의 손가락이 미세하게 떨렸다.

결국 이태삼은 돌을 던졌다.

민수의 승을 확인한 기원 식구들이 환호했다. 하지만 정작 승을 거둔 민수는 그다지 기쁘지 않았다.

민수는 고개를 돌려 남해를 찾았다.

하지만 어느 틈에 사라졌는지 보이지 않았다.

어수선한 소란 속에서 이태삼이 가방을 챙겨 자리를 털고 일어섰다.

민수는 황급히 그를 따라나섰다.

이태삼은 이미 건물 밖으로 나간 후였다.

민수는 부지런히 그를 쫓아갔다.

나이가 무색할 정도로 이태삼의 걸음이 무척 빨라서, 민수는 거의 한 블록을 쫓아간 후에서야 비로소 그를 따라잡았다.

"죄송합니다. 사범님."

민수는 고개를 숙이고 정중히 사과했다.

이태삼이 손사래를 치며 고개를 가로저었다.

"죄송하긴. 물이 아래로 흐르는 것은 당연한 것이지! 나이가 들면 그래. 덜컥 실수도 많이 나오고. 참, 입단대회는 나가나?"

"……."

민수는 선뜻 대답하지 못했다.

이태삼은 이해한다는 듯 고개를 끄덕였다.

"그래, 입단에 너무 연연하지마라. 평생 떠돌아다니다 죽은 이춘섭이나 입단해서 프로기사 하다가 죽은 임창식 사범이나 죽으니까 다 똑같더라. 입단 못하면 못하는 대로 그냥 살아. 그러고 보니 나도 한 30년 떠돌아 다녔네."

말을 마친 이태삼은 민수의 어깨를 다독여주고는 다시 가던 길로 걸음을 옮겼다. 바둑을 두러 기원을 찾을 때만 해도

장정처럼 힘이 넘치던 그의 걸음걸이가 한없이 쓸쓸해 보인다. 마치 생애 마지막 대국을 위해 일신의 힘을 모두 쏟아 붓고 껍데기만 남은 것 같다. 그래서 그동안 미처 깨닫지 못했던 세월의 무게를 이제야 느끼고 늙은 몸으로는 감당하기가 버거워 비칠거리는 것처럼 보였다.

민수는 꾸벅 허리를 숙이고는 말없이 그를 배웅했다.

그날 저녁, 해가 지고 민수는 남해를 만나러 나이트클럽으로 갔다. 하지만 내실에서 기다리고 있는 건, 남해가 아니라 인걸이었다. 인걸은 마침 잘 왔다는 듯 바둑판을 꺼내더니 민수에게 빨리 앉으라고 손짓했다.

"형님이 기다리다가 갑자기 일이 생겨 나가셨는데 12시전에는 오실거야. 막간을 이용해서 나랑 한 판 붙자고. 사실 말이 나오니 하는 소린데, 형님바둑이 그게 바둑이야! 동네바둑도 한참 동네바둑이지!"

"사장님한테 그렇게 전합니다. 동네바둑이라고."

민수가 피식 웃으면서 말했다. 그러자 인걸이 펄쩍 뛰며 엄살을 피웠다.

"야! 인마! 내가 농으로 한마디 한 거 같고 그렇게 말하면 되냐? 자, 한 판 하자고."

그토록 고대하던 민수와 대국을 시작하려는 찰나, 문이

벌컥 열리더니 상식이 들어왔다.

"형님. 준비됐습니다."

상식이 말했다.

"아, 그렇지. 가자."

인걸은 그때서야 생각났다는 듯 이마를 치더니 밖으로 나가려다가 흘끗 민수를 쳐다보았다.

"야! 너도 따라가자. 내가 재미있는 거 구경시켜줄게. 갔다 올 때쯤이면 아마 형님도 와 계실거야!"

"어딜 가는데요?"

민수가 미심쩍다는 얼굴로 물었다.

"가보면 알아."

별로 신뢰가 가지 않았지만 민수는 마지못해 인걸을 따라나섰다.

인걸이 상식과 함께 민수를 데려간 곳은 사무실에서 몇 블록 떨어진 렌터카 현장사무실이었다.

그사이에 날은 벌써 어둑어둑해졌다.

차를 세운 상식이 먼저 내리고 뒤이어 인걸과 민수가 내렸다. 이때까지도 민수는 자신을 왜 이곳에 데려왔는지 전혀 짐작조차 할 수 없었다.

상식이 육중한 철문을 열고 차고 안으로 들어갔다.

안에서 홀로 차고를 지키고 있던 중절모를 쓴 사내가 인걸 일행을 보고 흠칫 놀라는 시늉을 하며 너스레를 떨었다.

"간 떨어지겠네. 난 또 누구라고."

말은 그렇게 하고 있지만 별로 겁먹은 표정이 아니었다.

"돈은 준비했고?"

인걸이 무력시위라도 하듯 가죽 장갑을 꺼내 양손에 번갈아 끼며 물었다.

"돈이 없어."

중절모가 어깨를 으쓱해보였다.

"없어?"

인걸이 다시 물었다.

"응, 없어."

중절모는 사태 파악이 안 되는지 천연덕스럽게 능청을 떨었다. 마치 일부러 인걸을 도발하는 것 같았다.

"너, 바둑 둘 줄 아냐?"

인걸이 피식 웃으면서 물었다.

"바둑? 소싯적엔 한 수 했지."

"그럼 축도 알겠네?"

이어지는 인걸의 질문은 민수가 보기에도 정말 뜬금없었다. 하지만 민수는 참견하지 않고 가만히 지켜만 보았다.

"축? 그거 걸리면 좆 같이 되는 거 아냐?"

중절모는 별 걸 다 묻는다는 듯이 퉁명스럽게 대꾸했다. 이런 의미 없는 문답을 계속하는 게 무척 피곤하다는 표정을 지었다. 그리고 그의 속내를 파악했는지 문답은 거기에서 끝났다. 대신에 인걸은 다른 방식의 대화를 새로 시작했다.

"잘 아네? 이 씨발 새끼야!"

인걸이 벼락처럼 달려들며 중절모의 멱살을 쥐고 바닥에 패대기쳤다.

바로 그때 뒤에서 고함소리가 들렸다.

돌아보니 건장한 사내들이 하나같이 각목을 들고 안으로 들어왔다. 마치 인걸의 방문을 예상이라도 한 것 같았다.

"아, 새끼들. 누가 깡패 새끼들 아니랄까봐 뭐든 주먹부터 쓰려고 한다니까."

중절모가 엉덩이를 툭툭 털고 일어섰다.

"별 걸 다 준비했다?"

인걸이 피식 웃었다.

"왜, 쫄리냐?"

중절모도 웃으면서 응수했다.

"쫄리긴."

인걸은 이 정도는 별 거 아니라는 듯 콧방귀를 뀌었다. 옆에 선 상식도 덩치들을 한 차례 훑더니 비릿하게 웃었다.

"뭘 믿고 그리 당당해? 어디 언제까지 큰소리를 칠 수 있나보자. 야, 좀 주물러 드려라. 어디가 좀 편찮으신가 보다."

중절모가 덩치들에게 말했다.

그러자 덩치들이 각목을 위협적으로 바닥을 탁탁 두들기며 인걸 일행에게 다가왔다. 그중 가장 덩치 큰 사내가 호기

롭게 콧김을 내뿜으며 앞으로 나섰다.

인걸이 슬쩍 물러서며 상식에게 눈짓했다.

상식이 가볍게 목을 좌우로 꺾으며 사내의 앞을 가로막았다.

사내가 눈을 부라리며 상식에게 주먹을 날렸다. 하지만 주먹은 상식의 몸에 닿지도 않았다. 몸을 뒤로 빼서 어설픈 주먹질을 피한 상식이 그대로 사내의 인중을 이마로 들이받았다. 둔탁한 소리와 함께 사내가 코를 감싸 쥐며 주저앉았다.

또 다른 사내가 각목을 쥐고 고함을 지르며 인걸에게 달려들었다.

인걸은 귀찮다는 듯 가볍게 주먹을 날려 사내를 한 방에 쓰러뜨렸다. 그걸 보고 민수는 놀라는 표정을 지었다. 평소 가벼운 이미지와는 완전히 다른 모습이었다. 그런 민수에게 인걸이 눈짓을 보냈다.

상식과 맞먹는 덩치가 야비한 웃음을 흘리며 민수에게 다가오고 있었다. 상식은 민수에게 상대해보라며 신호를 보냈다.

민수는 자기도 모르게 주먹을 불끈 쥐었다.

기분이 묘했다. 다소 긴장은 되었지만 두렵진 않았다. 마치 이런 순간만을 기다렸다는 듯이 오히려 야릇한 흥분이 몸을 휘감고 있었다.

덩치가 주먹을 날리기도 전에 민수가 먼저 상대의 턱을 후려갈겼다.

상대가 맥없이 고꾸라졌다.

"오오, 좀 하는데?"

인걸이 장난스럽게 엄지손가락을 세워보였다.

"야, 이 자식들아! 뭐해. 빨리 이것들 치워버려!"

조바심을 느낀 중절모가 고함을 지르자, 덩치들이 일제히 달려들었다.

바로 그때 상식이 중절모에게 달려가 목을 끌어안더니 품 안에서 회칼을 뽑아들었다.

상식이 시퍼런 칼날을 목에 대자, 중절모는 새된 비명을 질렀다.

"다치기 싫으면 물러서라고 해."

누구나 자기 목숨은 아까운 법이다. 중절모는 거의 발악에 가까운 소리를 내지르며 덩치들을 뒤로 물렸다.

인걸이 먼저 민수를 데리고 차고를 빠져나갔다.

상식은 출입구까지 중절모를 끌고 가다가 틈을 봐서 그를 안으로 밀어 넣고 문을 닫아버렸다.

"형님, 이 친구가 바둑만 고수가 아니라 주먹도 한 방 있습디다. 이런 놈을 한 방에 보내던데요? 오오, 아주 자세 나오던데? 야! 박 사범. 너 바둑 그만두고 그냥 내 밑에서 일해

라. 그럼 연봉 8천이다."

인걸이 익살스럽게 민수의 활약상을 재현해보였다.

"……."

남해는 말없이 압박붕대를 감고 있는 민수의 오른손을 바라봤다. 평소에 주먹을 쓸 일이 없던 사람이 함부로 휘두르면 탈이 나기 마련이다.

민수는 남해의 시선을 의식하고 왼손으로 오른손을 감싸쥐었다.

남해가 시선을 거두고 바둑판을 가져와 테이블에 놓았다. 그러고는 늘 하던 대로 여섯 점을 먼저 깔았다.

민수는 눈치를 살피다가 바둑판 앞에 앉았다.

"싸울 만 해?"

남해가 넌지시 물었다.

"재미있던데요."

"바둑보다?"

"바둑보다 더 스릴이 있는 것 같아요."

민수는 잠시 머뭇거리다가 웃으면서 말했다.

"스릴이 있다고?"

남해가 통에서 돌을 한 움큼 쥐며 되물었다.

"사장님도 스릴이 있으니까, 이 생활하시는 거 아닙니까? 저, 정말 건달 한번 해 볼까요?"

당돌한 물음에 남해는 돌을 놓다말고 민수를 쳐다보았다.

남해는 처음으로 민수가 아이로 보였다.

"건달이 좋아 보여?"

"그냥 뭐 아무거나 하는 거죠."

민수가 돌을 놓으며 중얼거리듯이 말했다.

"그냥 아무거나 하면 안 되지."

남해가 말했다.

"아니, 형님! 우리는 아무거나 닥치는 대로 막 살았잖아요!"

옆에서 인걸이 끼어들었다.

남해는 인걸을 무시하고 민수를 쳐다보며 대답을 기다렸다.

"아무거나 안 하면, 뭐 해요?"

민수가 정말로 궁금하다는 듯이 물었다.

"더 살아 봐야지."

남해는 돌을 놓으며 말했다.

"야야, 더 살 거도 없다. 건달세계는 빠르면 빠를수록 좋아. 나도 18살에 데뷔했다."

다시 인걸이 눈치도 없이 대화에 끼어들었다.

"형님은 데뷔년도가?"

남해가 인걸을 쳐다보며 주의를 주는데, 상식이 깡마른 40대 남자를 질질 끌고 들어왔다.

렌터카 사무실을 다녀온 게 불과 한 시간 전인데 참 부지런도 하다. 민수는 그 나름의 성실함에 탄복하며 상식을 흘끗 쳐다보다가 그가 데리고 들어온 사내에게 눈길을 주었다.

아는 얼굴이었다. 인근 보습학원의 원장이었다.

"이 새끼가! 돈 쓰고 아주 배 째라 식인데, 사장님! 확 포를 떠버릴까요?"

상식이 으름장을 놓으며 품에서 예의 회칼을 뽑아들었다. 그 섬뜩한 칼날이 눈앞에서 번뜩이자 사내는 새파랗게 질린 얼굴로 남해를 바라봤다. 와들와들 떨며 선처를 바란다는 눈빛으로 목숨을 구걸했다.

"어이, 아줌마들이 애들 대학 보내려고 돈을 미친 듯이 학원에 갖다 주잖아. 그 돈 받아서 다 뭐했어? 너 요즘도 정선에 도박하러 다니지?"

인걸이 일어나 사내에게 다가가더니 그의 뺨을 서너 차례 갈겼다. 두려움 때문인지 사내는 신음도 내지 않았다.

"갚아야 될 돈은 안 갚고 도박 할 돈은 있냐? 나라가 망해도 대학은 안 망하니까 입시학원은 안전 빵이다. 그거지. 야, 이 썩을 놈아! 내가 너 같은 놈들을 보면 여순감옥에서 돌아가신 안중근 의사 생각이 난다."

인걸이 뺨을 때리다가 말고 갑자기 사내의 뺨에 물을 발랐다.

"물은 왜 바르냐?"

남해가 황당하다는 얼굴로 물었다.

"때리는데 소리가 약해서요. 오! 이제 소리가 제대로 나네!"

"이놈은 말로 안 되는 놈이니까……."

잠시 말을 끊은 남해는 상식에게 회칼을 달라고 하더니 테이블에 놓으며 민수를 쳐다보고 말했다.

"니가 정리해라."

말이 끝나기가 무섭게 상식이 사내를 탁자 위에 눕히고는 몸을 뒤집더니 바짓단을 걷어 올리고 양말을 끌어내렸다.

사내가 겁을 먹고 몸부림을 쳤다.

"가만있어."

상식이 사내를 누르며 나직이 속삭였다.

남해가 회칼을 집었다.

"해 봐라. 아무거나 하겠다니까, 이런 정도는 할 수 있어야지. 발목 인대는 여기 발목 위 4센티다."

그러고는 민수에게 칼을 건넸다.

민수는 선뜻 칼을 받지 못하고 주저했다.

"사, 사, 살려줘……."

사내가 겁에 질려 눈을 허옇게 뜨며 발버둥을 쳤다. 그러다가 상식이 민수의 결정을 지켜보느라 잠시 느슨하게 잡은 틈을 타서 악을 쓰며 탁자에서 내려왔다. 사내는 그대로 비명을 지르며 엉금엉금 기어서 출입문으로 달아났다. 그러자 남해가 벼락처럼 달려들어 사내의 머리채를 낚아채더니 탁자 모서리에 이마를 찍었다.

사내는 거품을 물고 기절했다.

남해는 사나운 눈초리로 말없이 민수를 바라보았다.

민수는 고개를 돌려 남해의 시선을 외면했다.

"다들 나가 있어라."

남해가 말했다.

인걸과 상식이 기절한 사내를 질질 끌고 밖으로 나갔다.

둘만 남자, 남해는 다시 자리에 앉았다.

민수도 조용히 앉았다.

"이건 돌이고 이건 칼인데……."

남해가 칼과 바둑돌을 놓으며 말했다.

"넌 원래 이걸 가지고 놀았잖아. 앞으로도 한 가지만 사시고 놀아."

그렇게 말하며 남해는 바둑돌을 민수 앞으로 밀었다.

민수는 말없이 눈앞에 놓인 바둑돌을 보았다.

"……"

남해는 그런 민수를 한참을 바라보다가 외투를 챙기며 조용히 일어섰다.

"나가자."

"예, 어디를요?"

"가보면 알아. 따라와."

민수는 망설이다가 마지못해 남해를 따라나섰다.

손을
내밀다

위험에 처할 경우
버리든가 아니면
보류하라

남해가 민수를 데려간 곳은 예스러운 분위기를 자아내는 복고풍의 바(Bar)였다. 한쪽 벽을 차지하고 있는 진열장에는 수천 장의 LP판 빽빽하게 꽂혀있었다. 조명은 다소 어둡고, 손님은 그리 많지 않았다. LP판을 닦던 사장이 남해를 보고 웃으면서 인사를 하더니, 묻지도 않고 와인 한 병을 가지고 왔다.

"이 집이 내 20년 단골이다. 함부로 누굴 데려오지 않는데 넌 특별케이스다."

남해가 잔에 와인을 따라주며 말했다.

"왜요?"

"사부님이니까."

"황송한데요."

민수는 쑥스럽게 웃었다.

"요새 젊은 친구들은 이런 술집 싫어하지?"

남해가 주위를 둘러보며 물었다.

"전, 좋아합니다."

민수가 대답하고 와인을 한 모금 마셨다.

남해는 의외라는 듯이 민수를 흘끗 쳐다보았다.

"넌 어떨 땐 제법 어른스럽다. 바둑이 고수가 되면 다 그러냐?"

"전에 바둑도장에 다닐 때 정말 어른같이 행동하는 친구가 있었어요."

"그 친구도 바둑을 잘 뒀나?"

민수는 조용히 고개를 끄덕였다.

"입단은?"

"못했어요."

"그러냐?"

남해가 고개를 주억거렸다.

"노래 한번 들어볼래?"

"예?"

남해가 손짓을 하자 LP판을 닦고 있던 사장이 알겠다는 듯 고개를 끄덕이고는 LP판을 하나 꺼내 턴테이블에 올려놓았다.

잠시 후, 스피커에서 오래된 옛 가요가 흘러나왔다.

민수가 처음 듣는 곡이었다. 하지만 나쁘지 않았다. 요즘 가요처럼 자극적이지도 않고 듣고 있으면 아련한 옛 기억을 떠올리게 하는 그런 곡이었다. 옆을 보니 남해가 눈을 지그시 감고 노래를 감상하고 있었다.

이 남자는 왜 나를 이곳에 데려왔을까.

나에게 바둑을 배우는 이유가 무엇일까.

나에게 왜 이렇게 잘해주는 것일까.

묻고 싶은 말이 많았지만 지금은 물어볼 수가 없었다. 그를 방해하고 싶지 않았다. 잘은 모르지만 이곳에서만큼은 그도 '평범한 사람'으로 남고 싶어 하는 것 같았다. 그래서 질문은 다음으로 미루기로 했다. 그게 언제가 될지는 모르겠지만.

민수도 남해를 따라서 조용히 눈을 감고 노래에 젖어들었다.

늦은 시각까지 술을 마시다가 남해와 헤어진 민수는 기원으로 가다가 발길을 돌려 주택가에 있는 구멍가게를 찾아갔다. 그곳의 골방에서 노름판을 벌이고 있을 엄마를 만나기 위해서였다. 민수의 생모, 경자는 틈만 나면 동네 아줌마들을 꼬드겨 화투를 쳤다. 아니나 다를까. 예상했던 대로 그곳에 경자가 있었다. 그런데 골방이 아니라 가게 앞을 서성이며 담배를 피우고 있었다. 멀리서도 아들을 알아본 경자는 피우던 담배를 비벼 껐다.

"웬일이니?"

경자가 별로 반갑지 않다는 투로 물었다.

"왜 나와 있어? 올인 당했어?"

이런 환대에는 이력이 났는지 민수가 픽 웃으면서 되물었다.

"뭐 그냥."

경자는 가볍게 어깨를 으쓱거렸다. 그러다가 아들을 훑어보더니 아주 당연하다는 듯이 손을 벌렸다.

"혹시, 돈 좀 가진 거 있나?"

"안 되는 날은 그만하는 게 좋아."

"끗발이 날 가리나! 있으면 좀 줘."

경자는 아들의 충고를 귀담아 듣는 사람이 아니었다.

"얼마 없는데."

민수는 말끝을 흐리며 지갑을 꺼냈다.

"있는 대로 줘."

경자는 민수의 지갑 안을 보더니 씩 웃으면서 지폐들을 모조리 뽑아갔다.

"네가 요즘 엄마보다 수입이 더 좋구나. 나중에 배로 갚을게."

그러고는 돈을 팔랑팔랑 흔들며 가게로 걸음을 옮겼다.

민수가 쓰게 웃으며 쳐다보았다.

그런데 가게로 들어서던 경자가 무슨 할 말이라도 있는지 걸음을 멈추고 돌아서더니 민수를 빤히 쳐다보며 물었다.

"야, 아들. 고박 쓸 확률이 반이면 고를 해야 되나?"

"해야지."

민수는 숨도 안 쉬고 곧바로 대답했다.

"그러다 바가지 쓰면?"

"바가지 쓰지 뭐."

"네기 승부시는 승부시네. 엄미, 간다. 담에 보지?"

경자는 고개를 주억거리더니 다시 지폐를 팔랑팔랑 흔들며 가게 안으로 들어갔다.

"……."

민수는 한동안 멍하니 서 있다가 기원으로 걸음을 옮겼다.

꽤 넓은 규모의 골프 연습장.

한낮인데도 손님은 남해가 유일했다. 중요한 대화를 위해서 일부러 손님을 받지 않도록 한 것이다.

자세를 가다듬은 남해는 가볍게 스윙을 했다. 딱, 소리와 함께 공이 멀리 날아가자 뒤에서 박수소리가 들렸다.

"나이스 샷!"

고개를 돌리니, 하얀 면바지에 폴로티를 입은 종태가 천수와 수하들을 거느리고 거드름을 피우며 걸어왔다.

"……."

남해는 골프채를 옆에서 대기하고 있던 인걸에게 건넸다.

그사이에 가까이 다가온 종태가 정중히 허리를 숙였다. 뒤따라온 천수와 수하들도 예의상 허리를 숙였다.

"형님, 거두절미하고 본론부터 말하겠습니다. 안 그래도 사설카지노는 지금 단속이 심해 사업자체가 지탱하기도 어려운데 구역문제로 자꾸 부딪치면 형님이나 저나 좋을 게 없지 않습니까? 업주들도 그걸 원하지 않을 테고."

종태가 말했다.

"……."

남해는 잘 모르는 이야기라는 듯 딴청을 피웠다.

종태는 짧게 한숨을 내쉬고 인걸을 흘끗거리며 말을 이었다.

"인걸이, 저 친구 사사건건 제가 하는 일에 문제를 삼고 본동에서는 요즘도 우리 애들하고 걸핏하면 전쟁입니다."

인걸이 눈을 부라렸다. 하지만 남해가 보고 있는 앞이라 경거망동을 하진 않았다.

"형님, 우리 쉬운 길 두고 어렵게 가지 맙시다. 형님이 인걸이 잘 타일러서 손 떼게 하십시오. 나이트 관리해 주고 나오는 돈으로 애들 밥 먹이고 폼 나는 옷 사 입히고 그러면 되지 않습니까?"

“종태.”

“말씀하십시오.”

“노사차란 사람이 있다.”

남해는 이름을 착각하고 구한말 시대의 명인이자 국수, 노사초를 잘못 말했다. 하지만 종태는 바둑에는 문외한이어서 제대로 알아듣지도 못했다.

“노사차? 뭐하는 놈인데요?”

“놈이 아니고 바둑으로 일세를 풍미한 사람이지. 그분이 비둑을 두다기 상대의 대미를 모크리 잡았는데 히늘의 이치가 다 잡는 법은 없다하여 잡은 대마를 살려줬다 하더라.”

선문답 같은 말에 종태는 고개를 갸웃했다.

“그래서요?”

“그런 사람이 있었다는 거야.”

종태는 도무지 무슨 말인지 모르겠다는 듯 고개를 흔들었다.

“형님은 요즘 도 닦는 사람 같습니다. 저 그만 가 볼랍니다.”

남해에게 인사를 하고 나서 걸음을 옮기던 종태는 문득 인걸과 시선이 마주쳤다. 인걸이 입술을 삐죽거리자 종태는 코웃음을 쳤다.

“종태, 너 형님한테 잘 해라.”

인걸이 말했다.

“너나 잘 해라.”

종태가 응수했다.

잠시 두 사람은 서로를 노려보았다. 그러다가 남해가 낮게 헛기침을 하며 주의를 주자, 종태는 언짢은 표정을 지으며 부하들을 데리고 사라졌다.

"우리도 가자."

남해가 인걸을 불렀다.

"근데 형님 노사차는 가수 이름 아닙니까?"

인걸이 옷매무새를 고치고 뒤따라가며 남해에게 넌지시 물었다.

"……."

볕이 좋아 가만히 있으면 저절로 잠이 쏟아지는 나른한 오후였다. 독립군들도 웬일로 보이지 않아서 모처럼 기원이 한가해졌다.

민수는 창가에 서서 무덤덤하게 바깥풍경을 감상하고 있었다.

광팔은 신문을 펼쳐보고 있었고, 용배는 벽에 기대어 꾸벅꾸벅 졸았다. 원장도 무료함을 달래기 위해 바둑판을 놓고 책자를 보며 사활문제를 풀고 있었는데 좀처럼 해법을 찾지 못하는 눈치였다.

"원장님. 이런 기본사활도 못 풀면 어떡해요"

옆에서 지켜보던 철호가 한심하다는 듯이 내뱉었다.

"넌 이 사활을 풀 수 있어?"

원장이 어이없다는 얼굴로 물었다. 그러자 철호는 이 정도는 일도 아니라는 듯 거만하게 고개를 끄덕였다.

"전 발가락으로도 풀어요."

"풀어 봐."

"발가락으로요?"

철호가 능청을 떨었다.

"그냥 풀어, 자식아!"

원장이 버럭 성질을 냈다.

"자, 봐요. 이렇게 양쪽으로 젖히고 치중하면 죽잖아요! 맞았지 형?"

민수가 고개를 끄덕였다.

철호가 그것 보라는 듯이 쳐다보자 원장은 낮게 신음했다.

"철호야! 네 아버지 소식은 들었냐?"

원장은 이제야 생각났다는 듯 철호에게 물었다.

"무슨 소식이요?"

"대봉이가 그러는데 네 아버지 지방 원정 갔다가 돈 다 잃고 거지새끼가 됐단다."

원장이 낄낄거렸다.

"뭐라고요? 거지새끼가 됐다고요!"

"이 새끼가 놀라기는."

그때 광팔이 신문을 접고 이쪽으로 걸어오며 중얼거렸다.

"원정 가서 거지되면 갈 데라곤 바다밖에 없는데."

"바다는 왜 가요?"

철호가 물었다.

"그냥 바다로 가는 거야. 한 발, 한 발, 바다를 향해서."

"왜요? 혹시 회라도 한 접시 먹으려고?"

"거지새끼가 됐는데 회는 무슨 회 임마! 그냥 바다를 향해 한 발 한 발. 그러고 세월이 흐르면……."

"세월이 흐르면?"

"기다리던 아이는 애비 없는 호로 새끼가 되는 거지."

광팔이 짓궂게 웃으며 말했다.

"호로 새끼? 민수 형, 호로 새끼가 뭐야?"

민수는 잘 모르겠다는 듯 어깨를 으쓱거렸다.

"원장님한테 물어봐."

"원래는 호로 새끼가 아니고 '개' 호로 새낀데 '개'자가 한 자 빠졌어."

원장이 실실 웃으면서 말했다.

그때서야 자기를 놀리고 있다는 걸 깨달은 철호는 갑자기 원장의 팔뚝을 꽉 움켜쥐며 소리쳤다.

"뭐라고요? 개자가 빠졌다고요!"

"아이고! 깜짝이야! 이 자식이, 이거 안 놔!"

민수는 피식 웃다가 광팔에게 조용히 물었다.

"근데 정말이야? 철호 아버지, 다 털렸다는 거."

"글쎄, 잘은 몰라도 사실일 거야. 대봉이 형이 좀 구라가 심하긴 하지만 그런 이야기까지 지어낼 양반은 아니잖아."

민수는 고개를 끄덕이며 원장과 실랑이를 벌이고 있는 철호를 물끄러미 바라보았다.

"……."

늦게 일을 마친 남해는 손수 차를 몰아 귀가했다. 남해는 사무실에서 몇 블록 떨어진 아파트에서 수년 째 혼자 살았다.

지하주차장으로 들어가자, 전단지를 든 음식배달부와 아파트 경비원이 대화를 나누고 있었다. 경비원이 전단지를 뿌리지 말라고 배달부에게 주의를 주고 있는 것 같았다. 바닥에 전단지가 흩뿌려져 있었다.

배달부가 죄송하다는 듯 몇 번이고 허리를 숙였다.

용무를 마친 경비원이 거드름을 피우며 걸어오다가 남해를 알아보고 지나가면서 가볍게 목례를 했다.

남해도 답례로 인사를 하고 지정된 자리에 차를 세웠다. 시동을 끄고 차에서 내렸다. 그사이에 배달부가 투덜거리며 바닥에 떨어진 전단지들을 줍고는 오토바이 뒷자리에 신고 있었다. 남해는 배달부를 흘끗 보고는 그를 지나쳐서 승강기로 향했다.

"……!"

그것은 어떤 예감 같은 것이었다.

남해는 보이지 않는 힘에 이끌린 듯 뒤를 돌아보았다.

섬뜩한 느낌이 남해의 등골을 훑고 지나가는 순간, 어느새 다가온 배달부가 손에 쥔 뭔가로 남해를 찔렀다.

날이 시퍼런 회칼이 남해의 옆구리로 파고들었다.

남해는 피하지 않고 몸을 앞으로 들이밀었다.

회칼은 간발의 차이로 아슬아슬하게 비껴들어가 옷감만 살짝 베었다.

급습에 실패한 배달부가 당황해서 칼을 회수하려고 손을 뺐다. 하지만 곧바로 남해에게 손목이 잡히고 말았다.

"새끼……."

남해가 이를 악물고 배달부의 손목을 단단히 쥐고는 무릎으로 사타구니를 걸어 올렸다.

배달부가 칼을 떨어뜨리더니 새된 비명을 지르며 주저앉았다.

남해는 봐주지 않고 배달부의 멱살을 잡고 연거푸 얼굴을 후려갈겼다. 배달부의 고개가 맥없이 돌아가며 다리가 풀렸다. 남해가 멱살을 놓자 배달부는 그대로 바닥에 얼굴을 처박으며 고꾸라지더니 거칠게 숨을 할딱거렸다.

배달부를 처리한 남해는 인걸에게 전화를 걸었다.

몇 분도 채 지나지 않아서 인걸이 상식과 수하들을 이끌고 바람처럼 나타났다.

"형님, 괜찮으십니까? 다친 데는요?"

인걸이 물었다.

남해는 괜찮다며 손사래를 쳤다. 그러고는 인걸에게 뒤처리를 맡기고 먼저 가서 쉬겠다며 승강기에 올라탔다.

아파트로 들어선 남해를 반기는 사람은 아무도 없었다.

남해는 겉옷을 벗고 거실 소파에 앉았다.

탁자 위에 바둑판이 보였다.

아침에 풀다가 만 묘수풀이가 그대로 있었다.

남해는 바둑통에 손을 넣어 알을 한 움큼 쥐었다가 다시 손을 뺐다. 그러고는 착잡한 얼굴로 바둑판을 물끄러미 바라봤다.

아무리 뜯어봐도 도무지 '활로'가 보이지 않았다.

답답하게 꽉 막힌 자기 인생처럼.

숨이 탁 막혔다.

장부를 살피고 있던 천수는 소란스러운 소리에 복도로 시선을 돌렸다. 간유리를 댄 창문에 그림자들이 여럿 보였다. 누군가가 찾아온 모양이었다. 그것도 초대받지 않은 불청객이. 무슨 일인가 싶어서 나가보려는데 사무실 문이 벌컥 열리며 달갑지 않은 얼굴이 고개를 내밀었다.

인걸이었다.

벌써 알고 지낸 세월이 기십 년인데도 도무지 정이 가지 않는 선배였다.

인걸은 엉망으로 얻어맞아 피투성이가 된 천수의 부하를 질질 끌어 바닥에 패대기치더니 쇠파이프로 탁자를 찍었다.

뒤이어 상식이 부하들을 이끌고 우르르 들어왔다.

"간밤에 형님 다칠 뻔했다. 오늘은 경고만 하고 간다."

"형님, 지금 우리가 그랬다는 겁니까?"

천수가 억울하다는 듯이 따지고 물었다.

인걸은 조용히 천수를 노려보았다.

"솔직히 남해 형님이랑 척 지고 지내는 식구가 어디 한 둘입니까. 운동장에 줄을 세워도 연대병력은 넘을 겁니다. 물증도 없이 이러시면 정말 곤란하죠."

"천수야, 종태에게 꼭 전해라. 형님한테 무슨 일 생기면……"

잠시 말을 끊은 인걸이 비틀거리며 일어서려는 천수의 부하를 쇠파이프로 후려갈겼다. 그 서슬에 눌린 천수는 입을 다물었다.

"형님한테 일이라도 생기면 그때는 수습 불능이야. 다 죽는다."

"……"

천수는 아무 말도 하지 않았다. 그걸 수긍한다는 의미로 알아들은 인걸은 천수의 뺨을 톡톡 건드렸다.

"가자."

인걸이 상식과 수하들을 데리고 사무실에서 떠났다.

천수는 입술을 꽉 깨물며 주먹을 움켜쥐었다.

기원은 하루 만에 다시 활기를 되찾았다. 마찬가지로 광팔이 운영하는 별실의 하우스도 오랜만에 도박꾼들로 북적였다.

"돈이 죽지 사람이 죽나!"

광팔은 흥얼거리며 지폐 다발을 빈 상자에 챙겨 넣었다. 용배도 흥을 맞추며 어깨를 들썩였다. 간만에 좋은 패가 들어온 모양이었다.

"돈 죽으면 사람도 죽어부러. 아싸, 식스가 맞았네요!"

용배가 카드를 오픈하자 다들 탄식하며 쥐고 있던 카드를 던졌다.

"아, 씨발. 정말 더럽게 안 맞네."

용배와 마주 앉은 뚱보가 성질을 부렸다. 이중에서 가장 돈을 많이 잃은 탓이다. 특히 잃은 돈의 대부분은 용배가 챙겼다.

그때 알람을 울리며 탁상시계가 정각을 알렸다.

광팔이 기다렸다는 듯이 꾼들에게 빈 상자를 돌렸다. 시간마다 받는 일명 '타임비'를 받을 차례였다.

"자, 타임 한 번 있고."

돈을 딴 용배를 제외하곤 다들 투덜거리며 만 원짜리 지폐를 상자에 넣었다. 그런데 유독 방금 크게 잃은 뚱보가 내버리듯이 돈을 던졌다. 뚱보는 광팔보다 2년 후배였다.

"야! 너 타임비 주는 태도가 그게 뭐야!"

광팔이 눈을 부라렸다.

"왜 그래요. 내 태도가 어때서?"

뚱보가 얼굴을 붉히며 따졌다.

"자세가 이상하잖아!"

"자세가 이상하다니!"

"야 이 새끼야! 돈 주는 자세가 잘못됐잖아!"

"씨발, 돈 주는 자세가 다 그렇지. 여기가 무슨 뭐 국립묘지야! 왜, 샌트집인데."

"근데 이 새끼가. 이게 거지동냥이지, 타임비냐! 너 이리 나와!"

뚱보가 후배인 주제에 꼬박꼬박 말대꾸를 하자 부아가 치밀었는지 광팔이 물고 있던 담배를 탁 내뱉더니 버럭 소리를 질렀다.

"그만 해, 형. 쪽팔리게……."

"일어나! 이 돼지 새끼야! 이 썩을 놈들이 돈 만원 주면서 별 좆같은 폼 다 잡네! 야, 너 빨리 안 일어나!"

“형 진짜 이럴 거야! 아, 진짜 좆같네.”

뚱보가 벌떡 일어섰다.

광팔이 달려들었다. 하지만 뚱보의 키가 너무 커서 멱살을 잡을 수가 없었다. 하릴없이 허리를 잡아챘다. 뚱보도 물러설 수 없다는 듯 광팔의 멱살을 쥐었다. 두 사람이 드잡이를 하자 주변 사람들이 말리기 시작했다.

그때 누군가 문을 열고 들어왔다.

남루한 차림의 늙수그레한 초로의 남자였다. 뚱보의 허리를 끌어안고 안간힘을 쓰던 광팔은 남자를 알아보고 깜짝 놀랐다.

“상춘이 형?”

남자는 겸연쩍은 표정을 지으며 손을 흔들었다.

“민수야, 이거.”

저녁 무렵, 광팔은 남해에게 바둑을 가르치고 돌아온 민수를 데리고 건물 옥상으로 올라갔다. 그러고는 누군가가 정교하게 짠 기보를 건넸다.

“뭐야, 이거? 기보잖아.”

민수가 물었다.

광팔은 담배를 피워 물고 심각한 얼굴로 민수를 쳐다보았다.

"박 사범, 니가 상춘이 형을 두 점 접으면 어떻게 돼?"

"내가 지겠지."

민수는 당연하다는 듯이 대꾸했다.

"그렇지? 그럼 두 점 접고 붙자고 하면, 상춘이 형 전주 천 사장이 돈을 왕창 질러버리겠지?"

광팔은 반쯤 태운 담배를 내던지며 그렇게 물었다.

민수는 조용히 고개를 끄덕였다.

"그 기보 상춘이 형이 만들어 왔더라."

"이걸 상춘이 형이?"

"어, 니가 상춘이 형을 두 점 접고 두는 바둑인데 그 기보대로 두면 니가 한 집을 이겨. 우리는 배당만 받으면 돼. 천 사장, 그 씹새끼 상춘이 형 바둑이 예전 같지 않다고 얼마나 괄세를 하냐? 씨발! 나이 들면 앞도 잘 안 보인다는데 바둑 수가 보이냐? 상춘이 형, 그거로 한 방 해 가지고 고향으로 내려간대."

"……."

민수는 다시 기보를 꼼꼼하게 살폈다.

"상춘이 형, 은퇴자금 마련해준다고 생각하고 우리가 도와주자. 나쁠 거 없잖아. 누이 좋고, 매부 좋고."

상춘과의 대국은 전주인 천 사장이 마련한 장소에서 펼쳐졌다. 변두리 폐차장에서 창고로 쓰는 컨테이너인데 사실상 불법도박장이나 마찬가지인 곳이었다.

광팔이 천 사장을 찾아가 두 점을 접어줄 테니 크게 한판 붙자고 제안했다.

평소 민수의 실력을 알고 있는 천 사장이었지만 썩어도 준치라고 명색이 내기바둑에서 수십 년을 구른 상춘인데 젊은 호기에 너무 까분다고 생각하고 순순히 승낙했다. 물론 사전에 상춘이 정교하게 짠 기보가 있다는 사실은 전혀 모르고 있었나. 나이를 먹었지반 아직 상춘의 승률이 순수한 편이라 천 사장도 크게 의심하지 않았다. 게다가 두 점이나 접어준다고 하니 무조건 상춘이 이기는 게임이라고 확신했다.

대국은 상춘이 짠 기보대로 진행되었다.

처음에는 누가 봐도 백중세. 중반까지 그 흐름이 유지 되었다.

노름판 경력 수십 년인 천 사장의 눈을 속이려면 일방적인 게임 진행은 자칫 들킬 수도 있었다. 그런 면에서 상춘이 짠 기보는 거의 완벽했다.

바둑을 두는 동안에 눈이 침침한 듯 상춘이 여러 차례 눈두덩을 비볐다. 반면에 젊은 민수는 무덤덤하게 돌을 놓았다.

좀처럼 승패를 가늠할 수 없자, 초조해진 천 사장이 옆에서 파이프를 뻑뻑 피워댔다.

마침내 서로 마지막 수를 두고, 능숙한 손놀림으로 계가를 시작했다.

옆에서 집을 헤아리던 광팔이 무릎을 탁 치며 소리쳤다.

"햐! 한 집이네!"

그 말에 천 사장이 믿을 수 없다는 듯, 바둑판을 확인하더니 털썩 주저앉았다.

상춘이 두 손으로 머리를 감싸며 고개를 푹 숙였다.

천 사장은 화를 참지 못하고 바둑판을 뒤엎고는 씩씩거리며 밖으로 나가버렸다.

"아따, 그 양반. 성질 좀 보소."

광팔이 입가에 웃음을 띠며 돈다발을 챙겼다.

잠시 후. 사람들이 모두 떠난 것을 확인한 광팔은 민수와 함께 미리 약속한 폐차 안에서 상춘을 만났다.

"야! 형 연기 완전 예술이더만! 옛날에 남기남 감독 영화에 출연했다는 거 진짠가 보네! 천 사장 그 새끼 꿈도 못 꾸더라고."

광팔이 뒷좌석에 앉은 상춘에게 봉투를 건네며 호들갑을 떨었다.

그때 민수가 자기 몫으로 받은 봉투를 상춘에게 주고는 말없이 차 문을 열고 내렸다.

"어?"

당황한 광팔이 허둥대며 민수를 쫓아가다가 걸음을 멈추고 돌아가서는 자기 몫으로 챙긴 봉투를 상춘에게 주었다.

그리고 다시 민수를 부르며 쫓아갔다.

"야, 민수야! 같이 가, 인마."

민수가 폐차들로 이뤄진 언덕을 막 돌았을 때, 광팔이 숨을 헐떡이며 간신히 따라잡았다. 민수는 걸음을 멈추고 고개를 돌렸다.

"자식, 같이 좀 가자. 하여간에 혼자 멋있는 척 하기는……."

민수는 광팔을 보고 피식 웃었다. 그러다가 무엇을 봤는지 웃음을 지우고 미간을 찡그렸다. 광팔도 고개를 갸웃하며 뒤를 돌아보곤 입술을 깨물었다.

"내 돈을 따고 내빼면 쓰겠냐."

천 사장이 야비한 웃음을 흘리며 덩치들을 데리고 다가왔다. 한두 명이 아니었다. 하나같이 험상궂고 체구도 상당했다.

"쟤들입니까?"

얼굴이 검고 키 큰 사내가 천 사장 옆으로 다가오더니 턱짓으로 민수와 광팔을 가리키며 물었다. 이곳 폐차장을 사무실로 쓰고 있는 영길이라는 건달이었다.

천 사장이 고개를 끄덕였다.

"새끼들, 나이도 어린 것 같은데 겁도 없네."

영길이 비릿하게 웃더니 덩치들에게 신호를 보냈다.

그러자 덩치들이 으르렁거리며 민수와 광팔에게 달려들었다.

늦은 시각.

승용차 한 대가 폐차장으로 들어왔다.

차를 몰고 온 사람은 인걸이었다.

인걸은 사무실로 쓰는 컨테이너 앞에 차를 세웠다.

출입문을 지키고 있던 덩치들이 인걸을 알아보고 허리를 넙죽 숙였다. 인걸은 그들에게 손을 흔들어주고는 사무실 안으로 들어갔다.

"여! 우리 임 부장, 신수가 아주 훤하네!"

영길은 PC모니터만 뚫어지게 바라보고 있다가 인걸이 들어서자, 벌떡 일어나더니 두 팔을 벌리며 반겼다. 진정성이라곤 눈곱만큼도 느껴지지 않는 행동이었다.

인걸은 슬쩍 물러서며 영길의 격한 포옹을 거절했다.

영길은 아쉽다는 듯이 입맛을 다셨다.

"무슨 일이야?"

인걸은 떨떠름한 얼굴로 부른 용건을 물었다.

영길은 서운하다는 듯 두 팔을 내리더니 책상으로 돌아가 아래쪽 수납함에서 철제상자를 하나 꺼냈다.

"뭔데?"

인걸이 재촉하듯이 물었다.

"짜잔."

영길이 상자를 열어보였다. 그 안에는 주사기와 약병들이 가득 들어있었다. 산전수전을 다 겪은 인걸은 그게 무엇인지 한눈에 알아보았다. 마약 종류인 모르핀이었다. 영길은 보란 듯이 약병 하나를 꺼내 주사기를 박고 내용물을 빨아들이고는 씩 웃으면서 흔들어보였다.

"알지? 이거 한 방이면 천국이 따로 없다."

"어디서 가져왔어?"

인걸은 별로 관심 없다는 투로 물었다.

"배로."

"물건이 좋아 보이네."

"좀 팔아 줘."

영길이 애원하듯이 말했다.

인걸이 고개를 가로저었다.

"미안하지만 힘들겠다. 너도 잘 알 텐데? 우리 형님, 다른 건 몰라도 그건 안 해."

"돈 되는 걸 안 하면 뭐로 벌어먹고 사냐?"

영길이 볼멘소리를 냈다.

"철학이 있는 분이잖아."

인걸은 가볍게 어깨를 으쓱해보였다.

그때였다.

벽 너머로 쿵쿵거리는 소리가 들렸다. 누군가 벽을 걷어차고 있는 모양이었다. 인걸이 영길을 흘끗 쳐다보았다.

"뭐야, 접었다더니. 다시 사람 장사하는가 보네."

영길이 주사기를 다시 상자 안에 넣으며 고개를 주억거렸다.

"꾼들인데 나하고 친한 형님에게 들이댔어. 손 좀 봐주고 끝내려 했는데 새끼들이 까불어서 다시 사람장사 한번 해볼까 생각중이야."

그러면서 영길이 상자를 다시 수납함에 넣고는 지나가는 투로 덧붙였다.

"그중 한 새끼는 나이도 어리던데 바둑이 고수라나?"

"바둑?"

막 사무실을 나가려던 인걸은 그 말을 듣자마자 뭔가 짚이는 게 있는지 걸음을 멈추고 돌아섰다.

"지금 바둑이라고 했냐?"

"미안하다, 민수야. 나 때문에……."

서로 둘을 맞대고 밧줄로 꽁꽁 묶인 채, 광팔이 힘없이 중얼거렸다. 민수는 그저 말없이 피식 웃기만 했다. 둘 다 얼마나 얻어맞았는지 꼴이 엉망이었다. 젊은 혈기로 겁 없이 반항한 대가치고는 너무 컸다.

"그나저나 우리 이제 어떻게 되는 걸까. 이 새끼들 설마 우리를 무슨 새우잡이 이런 데 팔아넘기는 건 아니겠지?"

광팔이 농담 반, 진담 반인 심정으로 물었다.

민수는 여전히 침묵으로 일관했다.

"야, 새끼들아! 우릴 어쩔 셈이야! 대답 좀 해봐, 이 썩을 놈들아!"

광팔이 고래고래 소리를 지르며 벽을 걷어찼다.

"아무도 없냐? 무슨 대꾸라도……."

그때 창고 문이 열렸다.

광팔은 화들짝 놀라 발길질을 멈추고 입을 다물었다.

민수는 조용히 고개를 돌렸다.

영길의 부하들이 들어와 밧줄을 풀어주더니 두 사람을 데리고 밖으로 나왔다. 어리둥절해신 민수와 광팔은 고개를 들었다가 낯익은 얼굴들을 발견했다.

남해가 인걸과 함께 기다리고 있었다. 옆에서 영길이 난감하다는 얼굴로 남해의 눈치를 살피고 있었다.

"내가 한 번 신세 졌다."

인걸이 영길의 어깨를 툭 치며 말했다. 하지만 영길은 남해를 의식하느라 웃지도 못하고 고개만 끄덕였다.

남해는 말없이 민수에게 다가가 직접 부축을 해서 자기 차에 태웠다.

너와 내가
꾸었던 꿈은

신물경속(愼勿輕速)

경솔하게 빨리 두지 말고,
한 점 한 점을 신중히 생각하라

눈을 뜬 민수는 자신이 낯선 곳에서 자고 있다는 사실에 화들짝 놀랐다. 그러다가 기억을 더듬어보고 여기가 남해의 아파트라는 사실을 떠올리곤 안도의 한숨을 쉬었다. 여기저기가 욱신거렸다. 거울을 보니 얼굴은 여전히 부어있고 몸에는 붕대가 감겨있었다. 민수는 다른 의미에서 다시 한숨을 내쉬었다.

밖에서 바둑돌을 놓는 소리가 들렸다.

민수는 거실로 나갔다.

거실에선 남해가 홀로 책자를 보며 바둑을 두고 있었다. 민수는 조용히 다가가 남해와 마주 앉았다.

"입단대회는 포기했냐? 한 달 밖에 안 남았던데."

남해가 돌을 놓으며 물었다.

이야기한 기억이 없는데 어떻게 알았을까. 민수는 깜짝 놀라 남해를 쳐다보았다.

"어떻게 아셨어요?"

"아는 수가 있지."

민수는 그때서야 주위에 널려있는 월간지들을 발견했다. 한국기원에서 정기적으로 간행하는 잡지였다.

"난 어떡하면 1급이 되겠나?"

남해가 고개를 들고 민수를 보며 물었다.

"어려울 텐데요."

민수는 어깨를 으쓱거렸다.

"방법이 없냐?"

"방법이 있긴 있습니다."

"방법이 있다고?"

"직업을 바꾸세요. 하시는 일 정리하고 기원에서 한 2년만 살면 1급이 되요."

"나더러 깡패생활 청산하라고?"

이번에는 남해가 놀라서 되물었다.

민수는 아무 대꾸도 하지 않았다. 마치 당신이 알아서 결정하라는 듯이.

잠시 사이를 두고 남해가 다시 입을 열었다.

"입단대회 때까지 여기서 공부해라."

민수가 놀란 얼굴로 남해를 쳐다보았다. 남해는 의도적으로 민수를 쳐다보지 않고 바둑에만 열중했다.

"진짜 고수가 아니면 입단하기 어려워요."

"너도 고수야!"

남해는 약한 소리를 민수가 못 마땅했는지 버럭 언성을 높였다. 그러고는 미리 준비해놓은 여분의 아파트 열쇠를 민수 앞으로 밀었다.

"두 번 말 안 한다."

"근데 사장님 왜 바둑 둘 때 돌을 손에 가늑 쥐고 두세요?"

민수는 열쇠를 물끄러미 바라보다가 뒤늦게 생각났다는 듯 고개를 들고 민수를 쳐다보며 물었다.

"왜 이상해?"

남해는 바둑돌을 잔뜩 쥐고 있는 자기 손을 흘끔 보더니 다시 민수를 쳐다보았다.

"그냥 궁금해서요."

"돌을 많이 쥐고 있으면, 손 안이 꽉 차는 게 마음이 편안해져."

"아, 네."

별로 대단한 비밀도 아니었네. 민수는 자기도 모르게 빙그레 웃었다.

"생강나무라고 있는데 그게 멍든 데는 최고다."

남해는 열쇠를 다시 민수 앞으로 밀며 지나가는 투로 말했다.

"생강나무요?"

"그래, 생강나무."

바둑 선생이 되어달라는 부탁을 들어줬을 때처럼 이번에도 민수는 남해의 제안을 승낙하고 말았다. 그가 베푸는 호의의 근간이 무엇인지 궁금했지만 그것도 역시 다음에 기회를 봐서 묻기로 했다.

그렇게 합숙은 뜬금없이 시작되었다.

남해는 민수가 입단 준비에만 몰입할 수 있도록 모든 편의를 봐주었다. 손수 앞치마를 두르고 밥상을 차려주는가 하면, 민수 혼자서는 구하기 힘든 자료들을 척척 알아서 가져다주었다. 아침에는 체력 관리를 위해 함께 조깅을 했다.

하루는 남해가 외출하고 돌아와서는 CD 한 장을 건넸다.

"한국기원 연구생들이 최근에 둔 기보만 모은 거다. 참고해. 도움이 될 거야."

"어디서 찾았어요?"

민수가 물었다.

"인걸이가 그 CD 구한다고 고생 많이 했다. 서봉수 명인에게 물어봤는데 입단하려면 최하 500국은 놔 봐야 된다고 그러대."

남해가 옷을 갈아입으러 안방으로 가면서 서봉수라는 이름을 거론하자, 민수는 깜짝 놀라 뒤따라가며 물었다.

130

"서봉수 사범님을 아세요?"

"바둑 팬치고 서봉수를 모르는 사람도 있냐?"

남해는 당연하다는 것을 묻는다는 듯이 되물었다.

민수는 말문이 막혀버렸다.

"……."

민수가 남해의 집에 머물기 시작한지도 어느덧 보름 정도 지났디. 방에시 남해가 어렵게 구해나준 기보를 연구하던 민수는 문득 거실에서 흘러나오는 TV소리를 듣고 자리에서 일어났다. 기보에 정신을 팔고 있는 사이에 일을 보러 나갔던 남해가 귀가한 모양이었다.

민수는 시계를 보고는 거실로 나가보았다.

남해는 거실 벽면에 걸린 대형 액자TV를 보면서 맥주를 마시고 있었다. 그런데 웬일로 바둑 채널이 아니라 낚시채널을 시청하고 있었다. 화면 속에선 중년 남자가 등을 보이고 서서 릴낚시를 드리운 채 파도와 씨름을 벌이고 있었다.

인기척을 느꼈는지 남해가 흘끗 돌아보더니 앉으라고 눈짓했다.

"뭐예요?"

민수가 옆에 앉으며 물었다.

"바다낚시."

"낚시를 좋아하시나 봐요."

"바다가 좋지."

그렇게 말하며 남해는 다시 화면으로 고개를 돌렸다. 민수는 종종 남해를 이해하기 어려울 때가 있는데 지금도 그랬다. 그냥 깡패 두목이라고 하기엔 남다른 구석이 꽤 많았다. 어쩌면 그래서 거부감이 덜 느끼고 있는지도 모르지만.

"바다가 좋아요?"

민수가 묻자, 남해는 조용히 고개를 끄덕였다.

"어릴 적엔 바다에서 낚시를 많이 했어."

남해는 민수에게 캔 맥주 하나를 건넸다.

민수는 캔을 따서 맥주를 한 모금 마셨다.

그렇게 두 사람은 나란히 앉아서 한동안 TV를 시청했다. 그러다가 문득 민수가 지나가는 투로 물었다.

"사장님은 왜 깡패가 됐어요?"

"넌 왜 바둑을 두게 됐냐?"

남해가 질문을 질문으로 받았다.

"엄마가 바둑을 두라고 해서요. 혹시 엄마가 깡패 되라고 그랬습니까?"

민수는 멋쩍게 웃으며 되물었다.

"되라고 한 적은 없었지만 내가 누굴 때리고 들어오면 잘했다고 칭찬한 적은 있었지."

"그게 그거네요. 엄마가 깡패 되라고 했네요."

"우리 엄마, 내가 중학교 2학년 때 죽었다."

남해가 말했다.

민수는 말문이 막혀버렸다.

"……."

그때 화면 속에서 낚시꾼이 릴을 낚아채고 있었다. 커다란 옥돔 한 마리가 퍼덕거리며 튀어 올랐다.

남해가 무릎을 탁 치며 외쳤다.

"한 마리 잡았네!"

민수는 아이처럼 좋아하는 남해의 옆얼굴을 물끄러미 바라봤다.

며칠 후. 남해는 민수를 데리고 서봉수 명인에게 데려갔다. 처음에는 남해의 말을 믿기 어려웠던 민수는 막상 서 명인을 만나자 너무 놀라 말문을 잃었다. 그런 인물이 일부러 시간을 내서 자기와 대국을 둔다는 사실이 실감 나지 않았다. 너무 긴장해서일까. 민수는 평소처럼 실력발휘를 할 수가 없었다. 어쩌면 주눅이 들었는지도 몰랐다. 결국 민수는 보기 좋게 패하고 말았다. 그게 당연한 결과이겠지만.

"이 자리를 튼튼하게 이어놓고 긴 승부로 갔으면 흑이 좋아 보이는데 왜 손을 뺐지?"

서 명인이 민수가 놓친 부분을 두고 궁금하다는 듯이 물었다.

"⋯⋯."

민수는 차마 말을 하지 못했다. 당신 앞이라 주눅이 들어서 그랬다고. 처음부터 이길 수 없는 싸움이라 자신이 없었다고.

"뭐, 요즘 젊은 기사들이 우리보다 세니까 내가 뭐라 할 입장은 아니지만."

서 명인은 가볍게 어깨를 으쓱하며 바둑알을 통에 담았다.

남해가 봉투를 옆에 내려놓고 조용히 일어섰다.

"한 수 배우고 갑니다."

민수도 풀 죽은 얼굴로 남해를 따라나섰다.

남해는 기가 꺾인 민수를 위로해줄 요량으로 고급 한식당을 찾았다. 창밖으로 보이는 정경이 아주 근사한 자리에 앉아서 고기를 구웠다. 하지만 민수는 고기를 쳐다보기만 할 뿐, 아예 젓가락을 들지도 않았다.

"왜, 안 먹어?"

남해가 물었다.

"저, 이번 입단대회 포기하겠습니다."

민수가 힘없는 목소리로 대답했다.

"왜?"

"자신이 없어요."

남해는 고기 굽는 걸 멈추고 잔에 술을 따랐다.

"알고 시작한 거 아니냐?"

"운이 좋아 입단하더라도 지금 입단해서 뭐 하겠어요."

민수가 여전히 맥없는 목소리로 대꾸했다.

"뭐하다니, 프로기사 하면서 살지."

남해는 잔을 비우곤 다시 술을 따랐다.

"타이틀도 하나 못 따는 프로기사, 그거 하면 뭐해요."

민수는 마치 코흘리개 꼬맹이처럼 투정을 부렸다. 그러자 남해가 갑자기 잔을 소리가 나도록 거칠게 내려놓더니 다소 언성을 높이며 민수를 나무랐다.

"그게 무슨 말이냐! 타이틀을 못 따면 프로기사가 아니냐? 이세돌이만 프로기사고 박지성이만 축구선수냐? 다른 축구선수는 선수도 아니냐? 다른 사람 인생은 인생도 아냐?"

민수는 깜짝 놀라 남해를 쳐다봤다.

"바둑이 먼저냐, 사는 게 먼저냐?"

남해가 눈을 부릅뜨고 민수를 노려보며 나직이 물었다.

하지만 민수는 대답을 하지 못했다. 아직 민수에겐 너무나 어려운 화두였다. 남해는 그럴 줄 알았다는 듯 고개를 끄덕였다.

"그걸 알면 고수다. 잊지 마라."

다시 출발선에
서다

동수상응(動須相應)

행마를 할 때는 서로 연관되게,
한 방향으로 행마를 전개하라

"형님, 이번 상가 재개발은 어차피 형님이나 나나 서로 양보할 수 없는 일이고 하니 협력합시다. 이제 전쟁 그만하고 인걸이 하고 같이 걸작 한번 남깁시다."

종태가 머리를 조아렸다.

남해는 깍지를 낀 손을 탁자에 올려놓고 종태를 지그시 바라봤다. 알고 지낸 지가 벌써 수십 년이 지났는데도 뭘 해도 맘에 들지 않는 후배였다. 생긴 것과는 다르게 약삭빠르고 비열한 짓도 많이 하는 인간이라 일부러 거리를 뒀다. 곁에 두고 있는 인걸과는 완전히 다른 부류였다. 인걸은 의리에 죽고 의리에 사는 '옛날' 건달이었다. 그래서 인걸을 좋아하는 것이지만.

“형님.”

종태가 다시 머리를 숙였다.

남해는 슬쩍 옆에 앉은 인걸을 쳐다봤다. 마치 너라면 어떻게 하겠냐고 묻는 눈빛이었다. 인걸은 조용히 고개를 끄덕였다.

“…….”

남해는 다시 고개를 돌려 종태를 쳐다봤다. 여전히 맘에 들지 않는 구석이 많은 후배지만 생각해보니 먼저 찾아와서 스스로를 낮추고 뭔가를 부탁하긴 이번이 처음이었다. 분명 이러고 돌아가면 틀림없이 어떻게든 딴 주머니를 찰 궁리를 하겠지만 곰곰이 따져보면 그리 나쁜 제안도 아니었다. 무엇보다 이제 나이트클럽 운영이나 대부업체 수익만으로는 벌이가 시원치 않았다. 남해도 잘 알고 있었다. 당장은 괜찮을지 몰라도 결국 나중에 가서는 뭔가 다른 벌이가 필요할 때가 온다는 것을.

“…….”

남해는 조용히 고개를 끄덕였다.

종태가 흡족하게 웃으며 인걸을 보고 눈을 찡긋했다.

“천수야, 너 인걸이한테 잘해라.”

종태가 뒤에서 대기하고 있는 천수를 보고 말했다.

“예, 형님.”

천수는 대답을 하자마자 인걸에게 넙죽 허리를 숙였다. 그러자 인걸은 됐다는 듯이 손을 휘저었다.

"쟤가 형님 바둑선생이오?"

종태가 문득 구석에 서 있는 민수를 발견하더니 남해에게 물었다. 남해는 조용히 고개를 끄덕였다.

"야, 야! 우리 형님이 너하고 바둑 두고부터 성인군자가 되어 버렸다."

민수는 대꾸하지 않고 멀뚱히 종태를 쳐다봤다. 이유는 모르겠지만 민수도 종태가 그다지 마음에 들지 않았다.

"새끼, 바둑이 고수인지는 모르겠다만 눈빛은 살아있네."

"임 부장, 그거 축 아냐?"

옆에서 인걸과 철호의 바둑을 지켜보던 남해가 슬쩍 물었다. 저녁을 먹고 지나는 길에 잠시 기원을 들렀는데 무슨 바람이 불었는지 인걸이 바둑을 두고 싶다고 하자 철호가 상대해주겠다고 나섰다. 처음에는 상대가 너무 어린 아이라 자존심이 상했는지 인걸은 언짢은 기색을 내비쳤다. 하지만 바둑엔 나이가 의미도 없을뿐더러 철호의 실력이 보통은 넘는다는 원장의 말에 생각을 바꾸었다. 또 막상 붙어보니 원장의 말이 옳다는 걸 금세 깨달았다. 평소에 군대바둑 3급이라고 자처하던 인걸은 첫 수를 두고 나서 얼마 지나지 않아 계속 수세에 몰렸다. 그러더니 이번에는 아예 축에 걸리고 말았다.

"네? 음, 군대에서는 축 같은 거 신경 안 써요."

인걸은 내심 깜짝 놀랐지만 애써 태연한 척 하며 해법을 찾기 위해 바둑판을 뚫어져라 쳐다보았다. 하지만 아무리 뜯어봐도 해법은 보이지 않고, 철호가 얄밉게 계속 축을 물고 늘어지자 슬슬 열이 올랐다. 그렇다고 아이를 상대로 화를 낼 수도 없는 노릇이라 계속 억누르며 돌을 놓았지만 결국 한계에 부딪치고 말았다.

순간, 인걸은 욱하는 마음에 돌을 세게 내리쳤다. 그러자 철호가 깜짝 놀라며 자리에서 벌떡 일어섰다.

"임 부장, 애 놀라겠다."

남해가 한마디 했다.

"그러다가 애 잡겠네."

옆에서 원장도 거들었다.

인걸은 원장을 슬쩍 노려보고는 고개를 돌려 철호를 사납게 쏘아봤다.

"너 계속 몰 거냐?"

"바둑교실에서 선생님께 배우길 축은 끝까지 몰아야 된다고 그렇게 배웠어요."

철호의 당돌한 대답에 인걸은 어이없다는 듯이 혀를 찼다.

"선생이 애를 좆 같이 가르쳤네."

광팔이 말했다.

결국 인걸의 대마는 마지막 축까지 몰리고 말았다. 이러다간 손도 쓸 수 없이 대마가 죽게 생겼다.

인걸이 흘끗 광팔에게 신호를 보냈다.

광팔은 짓궂에 웃으며 고개를 끄덕였다.

"어? 철호야, 저기 너희 아버지 왔다."

"아버지?"

철호가 깜짝 놀라 뒤를 돌아보았다. 그 틈을 놓치지 않고 인걸은 한 번에 두 수를 둬서 축에서 벗어난 것과 동시에 오히려 철호의 대마를 잡기 직전으로 바꾸어놓았다. 광팔에게 속았다는 걸 알고 철호는 투덜거리며 바둑판을 보더니 뭔가 이상한지 고개를 갸웃했다.

"뭐야. 아저씨, 두 수를 한꺼번에 놓았죠?"

철호가 추궁하자 인걸은 정색하며 시치미를 뗐다.

"내가 무슨 기술자냐, 인마. 두 수를 한꺼번에 놓게."

"거짓말 말아요. 두 수를 한꺼번에 놓았잖아요! 방금 전까지 이렇지 않았다고요. 치사하게 이럴 거예요."

"어허, 어린놈이 사람 잡네. 야! 광팔아, 내가 두 수를 놓았냐?"

인걸이 답답하다는 듯 손으로 부채질을 하며 광팔에게 물었다.

"형님이 무슨 기술자요, 두 수를 한꺼번에 놓게."

광팔이 픽 웃으며 고개를 흔들었다.

"거 봐, 인마."

철호는 울상이 되어서 도움을 바란다는 눈빛으로 남해를 흘깃흘깃 쳐다봤다.

처음에는 철호의 시선을 외면하던 남해는 겸연쩍어하며 낮게 헛기침을 하더니 인걸에게 조용히 말했다.

"임 부장, 어린아이한테 그러지 마라."

"예? 아니, 형님 무슨 말씀을. 제가 무슨 애한테 못할 짓이라도 했습니까."

인걸이 계속해서 시치미를 떼자, 남해는 손을 뻗어 인걸의 꼼수를 원래대로 돌려놓았다. 그걸 보고 철호가 헤 웃었다. 그러고는 기다렸다는 듯이 착점을 하자, 인걸의 대마가 모두 죽고 말았다.

"아싸!"

철호가 손뼉을 마주치며 좋아했다.

인걸은 약이 올랐는지 철호를 쥐어박으려고 손을 번쩍 치켜들었다.

그때 인걸의 휴대폰으로 전화가 걸려왔다.

액정을 확인하니 종태의 전화였다.

전화를 받은 인걸은 몇 차례 고개를 끄덕이더니 남해를 쳐다봤다.

"형님."

남해와 인걸이 탄 승용차가 재개발 공사현장에 도착했다. 먼저 와서 기다리고 있던 종태와 천수가 마중을 나왔다.

남해와 인걸은 차에서 내렸다. 민수도 함께였다.

종태가 민수를 보더니 의미심장한 미소를 지었다. 민수는 그 미소가 마음에 들지 않았다.

"형님, 가시죠. 대표님이 기다리고 계십니다."

종태가 말했다.

남해는 고개를 끄덕이고는 인걸과 민수를 데리고 종태를 따라갔다.

그들이 지나가자, 갑자기 한쪽에서 거친 고함소리가 터져 나왔다.

민수가 돌아보니, 머리에 띠를 맨 주민들이 곱지 않은 눈초리로 남해 일행을 쏘아보고 있었다.

앞서 가고 있는 남해는 그들을 무시하고 묵묵히 걸음을 옮겼다.

민수는 불편한 기분을 안은 채, 말없이 남해를 따라갔다. 이유는 모르겠지만 주민들의 시선을 받고 있으니 마치 도살장에 끌려가는 기분이었다.

"박 사범, 여기 대표님께선 대학시절 대학패왕전에서 우승 까지 한 분이야."

남해가 말했다.

민수는 무덤덤한 얼굴로 맞상대를 하고 있는 건설회사 대표를 쳐다보았다.

기름이 번드르르하게 흐르는 얼굴이 어딘가 모르게 너구리를 연상케 했다. 얼마 전에 종태가 남해를 찾아와 같이 벌이자던 사업이란, 이 건설회사의 주도하에 진행 중인 재개발 사업을 말하는 것이었다. 그런데 건설회사의 대표가 유흥이나 골프보다도 바둑을 유난히 좋아한다는 이야기를 접한 종태가 남해에게 접대바둑으로 그의 환심을 사자고 제안했다. 다시 말해서 남해가 민수를 동행시킨 이유는 이 너구리같은 인간을 상대로 접대바둑을 두게 하려는 것이었다. 불편한 자리로 느껴졌지만 남해의 체면을 생각해서 마지못해 접대에 응했다. 하지만 시종 가시방석에 앉아 있는 기분을 떨칠 순 없었다.

"우리야 옛날바둑이죠. 이거 젊은 직원의 기력이 대단하군요, 김 사장님. 내가 두 점에도 안 될 것 같네요."

대표가 쓰게 웃으며 돌을 놓았다.

"사실 저 친구 실력이 웬 만한 프로기사보다 한 수 위입니다."

남해가 한마디 덧붙였다.

대표는 돌을 놓고는 흘끗 남해를 쳐다봤다.

"우리 김 사장님도 바둑을 잘 두시나봅니다."

"대표님에 비하면 한참 하수죠."

남해가 말했다. 그러자 건설회사 대표는 인사치례라는 것을 알면서도 싫지 않은 듯 흡족히 웃으며 고개를 끄덕였다.

"철거 작업엔 문제가 없겠죠. 주민 대표를 맡고 있는 새끼가 여간 독종이 아닙니다. 아주 질긴 놈이에요."

대표가 다시 돌을 놓으며 넌지시 물었다.

"그건 우리에게 맡기시면 됩니다."

남해가 대답하며 슬쩍 종태를 쳐다보았다.

종태도 웃으면서 고개를 끄덕였다.

"반발이 만만찮을 텐데요."

"깨부숴야지요."

남해가 말했다.

"……."

민수가 돌을 놓다말고 멈칫했다.

"실수 없도록 하세요. 초전 박살내라는 말입니다."

건설회사 대표는 야비하게 웃으며 말을 이었다.

"없는 놈들은 그저 무조건 밟아줘야 세상이 편해집니다."

그때였다.

민수가 쥐고 있던 돌을 내려놓더니 아예 바둑통을 탁 하고 소리가 나도록 바둑판 위에 거칠게 올려놓았다.

"……!"

남해는 민수의 돌발적인 행동에 감짝 놀라 눈을 크게 떴다.

옆에서는 종태가 입술을 씰룩거렸다.

"이 친구, 왜 이래!"

건설회사 대표가 언짢은 목소리로 말했다.

민수는 그를 무시하고 자리를 박차고 일어섰다.

"야! 너 왜 이래!"

종태가 버럭 소리를 질렀다.

민수는 종태를 무시하고 남해를 쳐다봤다.

"저 이런 사업에 접대바둑 같은 거 못 두겠습니다. 죄송합니다, 사장님."

건설회사 대표가 기가 차다는 듯 코웃음을 치더니 손바닥으로 탁자를 내리치며 언성을 높였다.

"젊은 사람이 바둑을 잘 두는지 모르겠지만 매너는 아주 형편없군그래. 바둑 두다말고 이게 무슨 짓이야!"

종태가 민수를 잡으려고 몸을 움찔했다.

하지만 남해가 먼저 움직였다.

"앉아."

남해가 평소랑 다르게 명령조로 말했다. 이런 적은 처음이었다. 하지만 민수도 응하지 않고 고집을 부렸다.

"가겠습니다."

그때였다.

참다못한 인걸이 벌떡 일어서다니 민수의 뺨을 후려쳤다.

"야! 이새끼야! 바둑에서도 아생연후살타(我生然後殺他: 바둑 격언의 하나. 자신의 말이 산 다음에 상대의 돌을 잡으러 가야 한다는 뜻이다. 약점을 살피지 않고 무모하게 상대의 돌을 공격하다가는 오히려 해를 입기 쉽다는 것을 일깨우는 말) 라는 말이 있잖아! 우선 살고 봐야 할게 아냐 인마!"

민수가 터진 입술을 손등으로 문지르며 인걸을 쳐다보았다.

"아생연후살타요? 그거 그런 거 아닙니다."

"뭐, 이 새끼야?"

인걸이 다시 주먹을 날렸다.

민수는 그대로 주저앉았다.

"바둑깨나 두는 놈이 그렇게 눈치가 없어?"

인걸이 고함을 쳤다.

민수가 비틀거리며 일어서더니 남해를 똑바로 쳐다보았다.

"바둑은 서로가 한 수씩 두는 세상에서 제일 공정한 게임입니다. 이건 아니잖아요. 이런 바둑이 세상에 어디 있습니까?"

말을 마친 민수가 사무실에서 나갔다.

"……."

남해는 차마 민수를 붙잡을 수가 없었다.

민수는 홀로 밤거리를 헤매고 다녔다. 접대자리를 박차고 나오긴 했지만 막상 갈 곳이 없었다. 그러다가 무척 오랜만에 옛 친구로부터 문자를 받았다. 문자를 보낸 사람은 한국기원 연구소 시절에 알던 동기였다. 하지만 마냥 반갑기만 한 것은 아니었다. 역시 연구소 시절의 동기인 이동우가 이번 국수전(國手戰)에서 우승을 거둔 기념으로 축하연을 하고 있으니 시간이 허락하면 참석해달라는 내용이었다.

민수는 문자를 받고 한참을 망설이다가 마음을 굳히고 택시를 잡았다.

축하연 장소는 홍대에 위치한 클럽으로 아예 전세를 내서 다른 손님을 일체 받지 않았다. 오랜만에 동기들은 민수의 등장에 다양한 반응을 보였다. 반가워하는 친구도 있고, 이곳에 왜 왔나 싶은 얼굴로 마지못해 악수를 청하는 동기도 있었다. 겉으로는 웃지만 어딘가 은근히 깔보는 말투로 안부를 친구도 있었다. 민수는 약속장소에 온지 몇 분도 채 지나지 않아서 자신의 경솔함을 탓했다.

역시 오지 말았어야 했다.

민수는 가장 구석에 앉아서 계속 술잔을 비웠다.

알코올 기운으로 흐려진 시야에 '경축 이동우 프로9단 국수전 우승'이라고 쓴 플랜카드가 들어왔다.

프로9단. 누구는 아직 입단조차 하지 못했는데.

민수는 쓰게 웃으면서 빈 잔에 술을 따랐다.

그때 웨이터가 '국수전 우승'이라고 문구를 새긴 커다란 케이크를 들고 왔다. 동기 중에 홍일점인 경미가 준비한 것이었다.

"이 9단! 아니지. 이제 이 국수라고 불러야겠네. 축하해, 이 국수."

주인공인 동우가 자리에서 일어나 쑥스럽게 웃으며 케이크의 촛불을 끄자 주위에서 박수갈채가 쏟아졌다.

동우가 직접 케이크를 커팅해서 접시에 담았다. 가까운 자리의 동기들에겐 순수 전해주기도 했다.

"박 사범. 이번 입단대회에 안 나가?"

민수 옆에 앉은 동기가 포크로 케이크를 자르다가 이제야 생각났다는 듯이 물었다. 거기에는 자신은 이미 오래 전에 입단했다는 자부심이 은근히 깔려있었다.

"야! 지금 입단해서 뭐 하냐 차라리 아마추어로 있으면서 성적을 내는 게 낫지."

그렇게 내뱉은 동기 역시 몇 해 전에 입단한 프로기사였다.

"너희들 왜 그러냐. 모처럼 나타난 사람 기죽이는 것도 아니고."

동우가 민수의 편을 들어주었다. 하지만 때리는 시어머니보다 말리는 시누이가 더 얄미운 것처럼 민수 입장에선 가만히 있어주는 게 훨씬 도움이 되었다.

"기죽이는 것이 아니고 프로세계는 그만큼 고수가 많다는 거지.”

또 다른 동기가 동우의 말을 정정해줬다.

민수는 픽 웃더니 잔에 술을 따랐다. 그러고는 잔을 들고 동기들을 바라보며 자조적인 목소리로 말했다.

“누가 나 보고 나도 고수라는데.”

그 말에, 다들 입을 다물었다. 드러내진 않았지만 아마도 속으로는 민수를 비웃고 있는 게 분명했다.

그 침묵이 거슬린 민수는 동우에게 축하한다는 말을 건네고 쓸쓸히 클럽을 나섰다. 그러고는 주변 술집을 전전하며 혼자서 술을 더 마셨다. 하지만 아무리 마셔도 이상하게 취하지가 않았다. 그냥 기분만 더러울 뿐이었다. 그러다가 자정이 넘어서야 기원으로 갔다. 낮에 벌인 일 때문에 차마 남해의 아파트엔 갈 수가 없었다.

민수는 골방에서 홀로 자고 있는 철호의 옆에 가서 쓰러졌다. 그렇게 두어 시간쯤 자다가 새벽녘에 다시 잠을 깨고 말았다.

민수는 다리를 끌어안은 채 몸을 떨고 있는 철호에게 이불을 덮어주고는 조용히 발소리를 죽이며 골방에서 나왔다.

늦은 시각인데도 바둑을 두는 손님들이 있었다. 틀림없이 시시한 내기바둑을 두고 있으리라. 한 귀퉁이에선 원장과 용배가 의자를 길게 붙여놓고 쿠션을 이불을 삼아 코를 골며 정신없이 자고 있었다. 그 주변에는 빈 소주병들이 아무렇게

나 굴러다니고 있었다. 광팔의 모습은 보이지 않았다. 또 어디엔가 하우스를 찾아가 노름을 하며 밤을 새우고 있는 게 분명했다.

민수는 외투를 걸치고 밤거리로 나왔다.

서서히 겨울로 접어들고 있어서 새벽 공기가 무척 차가웠다.

민수는 옷깃을 여미고 손을 싹싹 비비며 보도를 따라 천천히 걸음을 옮겼다. 딱히 정해둔 행선지는 없었다.

이십 여분쯤을 걸었을 때, 낯익은 승용차 한 대가 옆으로 다가왔다.

승용차가 멈추자, 민수도 걸음을 멈추고 운전석을 쳐다봤다.

남해였다.

"……."

두 사람은 한동안 말없이 서로를 쳐다봤다.

남해가 조수석 문을 열어주었다.

타란 말을 하지 않았지만 민수가 알아서 조수석에 앉았다. 남해는 그대로 차를 몰아 인근에서 영업 중인 순댓국집으로 민수를 데려갔다. 그러고는 민수의 의사도 묻지 않고 순댓국 두 그릇과 소주를 시켰다.

식당 주인이 소주를 먼저 가져왔다.

두 사람은 순댓국이 나올 때까지 말없이 잔을 비웠다.

이윽고 순댓국도 나왔다. 그사이에 한 병을 비워서 새로 소주를 시켰다. 두 사람은 다시 순댓국을 안주 삼아 술잔을 비웠다.

"새벽에 나오면 사람이 없는 한적한 거리가 좋아. 고향을 떠나 처음 서울에 왔을 때도 새벽이었어. 지금처럼 겨울이었는데 무척 춥더군. 갈 곳이 막막했지."

남해가 침묵을 깨고 입을 열었다.

민수는 말없이 숟가락으로 순댓국을 휘저었다.

"며칠 후면 입단대회네."

"……."

입단이란 말에 민수가 멈칫거렸다.

"대회는 나갈 거냐?"

남해는 민수의 잔에 소주를 따라주며 물었다.

민수는 조용히 고개를 가로저었다.

"넌 아직 어려서 사는 걸 몰라."

"사람들은 그러더군요. 뭐든지 하다가 안 되면 살기 위해서라고."

"넌 살기 위해서 그런 적 없냐?"

남해가 물었다.

민수는 아무 말도 하지 않았다.

"어쩌겠냐. 세월이 흐르고 살아보면 그것밖에 안 되는데……."

남해는 마치 자신에게 이르듯이 나직이 중얼거렸다. 그러더니 고개를 돌려 어스름이 깔린 새벽거리를 바라보았다.

"내리는 비를 보면 앞이 가물가물하다."

민수는 남해가 하는 말을 알아들을 수가 없었다. 그래서 술잔을 비우면서 가만히 듣기만 했다.

"넌 입단을 못해 프로가 아닌 아마추어고, 난 인생을 잘못 살아 인생 아마추어다. 그래도 넌 나이가 있으니까 지금부터라도 노력해서 입단하고 꼭 프로가 되어 살아."

"……."

남해가 술잔을 비웠다.

민수는 남해의 잔에 술을 따라주었다.

소주를 한 잔 쭉 들이키는 남해.

잠시 침묵이 흘렀다.

"민수야."

남해가 나직이 민수를 불렀다.

"……"

민수는 고개를 들고 남해를 쳐다봤다.

"대회에 나가라."

그러더니 잔을 비우고는 다시 말을 이었다.

"나, 그 사업 포기한다. 약속한다."

뜻밖의 말에 민수는 눈을 동그랗게 떴다.

"정말 인생이 바둑이라면 첫 수부터 다시 한 번 두고 싶다."

남해가 잔을 내려놓으며 그렇게 중얼거렸다. 그건 민수가 아니라 자기 자신에게 하는 한탄처럼 들렸다.

"가자."

남해가 자리에서 일어섰다.

민수도 따라나섰다.

술값을 계산한 남해는 민수의 어깨를 토닥이며 꼭 입단 대회에 나가라고 당부하고는 터벅터벅 걸어갔다.

민수는 순댓국집 앞에 서서 천천히 멀어져가는 남해를 물끄러미 바라보다가 문득 지난번 대국에서 패하고 힘없이 돌아서던 이태삼 사범을 떠올렸다. 이유는 모르겠지만 분명히 서로 다른 사람인데도 두 사람의 뒷모습이 너무 닮았다고 생각했다.

지켜야 할
약속

피강자보(彼强自保)

주위의 적이 강한 경우에
우선 내 돌을 먼저 보호하라

　민수는 심호흡을 하고 마음을 가다듬기 위해 주변을 둘러
보았다.

　정면으로 '제64회 입단대회'라고 쓴 플래카드가 걸려있었
다.

　오늘이 첫날이다.

　결국 민수는 대회에 참가했다.

　순수한 자의가 아닌 등 떠밀린 기분이 없잖아 있지만 그
건 이제 중요하지 않았다. 승부를 띄웠으면 어떻게든 결말을
내야하는 법이다.

　진행을 맡은 대회 관계자들이 움직이기 시작했다.

　이제 곧 개회를 알리고 예선전을 치를 것이다.

손에서 땀이 배어나왔다. 긴장하지 않으려고 했지만 어쩔
수가 없었다. 몸은 마음보다 더 정직한 법이니까.
민수는 손바닥을 바지에 문지르며 다시 심호흡을 했다.
아주 천천히, 천천히.

"형님."
남해는 감았던 눈을 떴다.
인걸이 사무실로 들어왔다.
"다들 기다리고 있습니다."
"그래, 알았다."
남해는 고개를 끄덕이고는 굳은 얼굴로 일어섰다.
인걸이 앞장을 섰다.
건물 밖으로 나오니 상식과 부하들이 결의에 찬 얼굴로
열을 지어 대기 중이었고, 종태와 천수도 부하들을 데리고
남해를 기다리고 있었다.
"형님, 슬슬 출발하시죠."
종태가 말했다.
남해가 무겁게 고개를 끄덕이자, 인걸이 상식에게 눈짓을
보냈다.
"자자, 다들 차에 타라."
인걸의 지시가 떨어지기 무섭게 상식과 부하들이 여러 대

의 승합차에 나눠 탔다.

"역시 믿음직스럽네요."

종태가 이죽거렸다.

남해가 못마땅한 얼굴로 종태를 쳐다보았다.

"우리도 출발한다!"

천수도 부하들에게 지시를 내렸다.

일수회 조직원들 또한 마찬가지로 일사분란하게 움직이며 뒤쪽에 세워둔 여러 대의 승합차에 차례대로 올라탔다.

"형님, 타십시오."

인걸이 차를 가져왔다.

남해는 손목시계를 보고 시간을 확인하고는 천천히 차에 올랐다.

'지금쯤이면 시작됐으려나……'

　민수의 첫 대국 상대는 이제 겨우 열네 살 먹은 중학생 꼬마였다. 하지만 어리다고 얕잡아볼 수는 없었다. 무릇 바둑은 사람을 가리지 않는 법이다. 더욱이 입단에 도전했다는 것은 그만큼 주변에서 실력을 인정받았다는 의미다. 그 유명한 이세돌도 겨우 열두 살에 입단했다. 눈앞의 꼬맹이가 이세돌에 버금가는 천재일지도 모를 일이다. 그러니 방심은 금물이다.

흑을 잡은 상대가 먼저 첫 수를 두고 타이머를 눌렀다.

민수도 곧바로 돌을 놓고 타이머를 눌렀다.

초반에는 아무래도 첫 대국이라 그런지 누구의 우위도 없이 비슷한 세를 유지하며 다소 지루한 공방이 이루어졌다.

서서히 중반으로 치달으면서 꼬마가 긴장한 탓인지 아주 사소한 실수를 저질렀다.

민수는 사정 봐주지 않고 그 틈을 노려 승기를 잡았다.

꼬마의 기력도 무시할 수 없는 수준이었지만 역시 내기바둑으로 산전수전을 다 겪은 민수의 노련함을 상대하기엔 아직 미숙한 점이 많았다. 결국 경험의 차이가 승패를 가른 셈이다. 꼬마는 자신의 실수로 승기를 뺏겼다는 것을 알고 나서는 눈에 띄게 흔들리기 시작했다. 그 여세를 몰아 민수는 더 강하게 상대를 압박했다.

마지막까지 버티던 꼬마는 끝내 열세를 뒤집지는 못했다.

그리고 드디어 끝내기.

계가를 하는 민수의 입가에 옅은 미소가 떠올랐다. 반면에 꼬마는 침울한 얼굴로 계가를 마치고 집을 헤아렸다.

결과는 네 집 차이로 민수의 승이었다.

민수는 첫 대국에서 승을 올리며 기분 좋은 출발을 알렸다.

어둑해진 늦은 오후, 철거 현장에서 첫날 일정을 마친 남해와 종태의 식구들이 상해 나이트클럽 앞에 집결했다.

강제 철거에 대항하는 주민들을 상대하느라 다들 녹초가 되어서 몰골이 말이 아니었다. 일부는 머리가 깨지고 팔이 부러지는 부상을 입었다. 뒷전에서 구경하기보다는 앞장서기를 좋아하는 인걸도 경미한 찰과상을 입었다.

종태가 화합을 도모하는 의미에서 회식을 제안했다.

남해는 잠시 고민하다가 종태의 제안을 승낙했다.

두 조직은 모처럼 반목을 멈추고 사이좋게 가까운 주점을 찾아서 실컷 먹고 마시며 하루 동안에 쌓인 피로를 풀었다.

술자리는 거의 자정이 돼서야 마침표를 찍었다.

불쾌하게 취한 남해는 집까지 모셔드리겠다는 인걸의 제의를 뿌리치고 홀로 밤거리로 나왔다. 그러고는 택시를 잡아타고 입단대회장을 찾았다.

남해는 건물 관리인을 찾아 얼마 쥐어주고 대회장으로 들어갔다.

벽에 걸린 화이트보드에서 민수의 이름을 찾는 건 그리 어렵지 않았다. 남해는 손가락으로 짚어가며 민수의 대진결과를 확인했다.

패가 없는 전승이었다.

남해의 입가에 엷은 미소가 피어올랐다.

"약속을 지켰네. 그럼 이제 내 차례인가."

　대회 둘째 날을 맞아서 민수는 평소보다 이른 시각에 잠을 깼다. 전승으로 1회전을 통과한 탓인지 몸과 마음이 가벼웠다. 세수를 하러 골방에서 나왔더니 아침잠이 많은 용배가 졸린 눈을 비비고 다가와 홍삼 드링크를 건넸다.

“뭐야?”

민수가 묻자, 용배는 배시시 웃으면서 말했다.

“박 사범, 이거 먹고 오늘 예선도 파이팅 해.”

“고마워.”

민수는 드링크를 받아들어 마지막 한 방울도 남기지 않고 단숨에 들이켰다. 용배의 진심이 담겨서인지, 아니면 홍삼 드링크라 그런지, 갑자기 기운이 솟는 기분이었다. 민수는 가볍게 스트레칭을 하며 세면대로 걸어갔다.

　오늘도 왠지 결과가 좋을 것 같다는 예감이 들었다.

　벨소리에 깬 남해는 손을 더듬어 휴대폰을 찾았다.

　전화를 건 사람은 인걸이었다. 주차장에서 기다리는 중이라고 했다.

　남해는 금방 내려가겠다고 말하고 전화를 끊었다.

　침대에서 내려오는데 숙취로 인한 두통으로 머리가 깨질 것만 같았다. 한창 때만 해도 밤새 소주 몇 짝을 마셨던 것 같은데 이젠 한두 병도 버거웠다. 나이를 먹으니 몸이 하루가 다르게 변하는 중이었다. 슬슬 한계에 이른 모양이었다.

남해는 간단히 세수만 마치고 옷장에서 정장을 꺼내 입은 뒤, 인걸이 기다리고 있는 주차장으로 내려갔다.

"형님, 밤새 안녕히 주무셨습니까."

차에 기대어 남해를 기다리던 인걸이 얼른 옷매무새를 고치고 넙죽 인사했다.

"뭐 하러 왔어. 알아서 출근할 텐데……."

"에이, 형님도 참."

인걸은 서운하다는 듯이 중얼거리며 뒷문을 열어주었다.

"고맙고 미안해서 하는 말이다."

남해는 인걸의 어깨를 토닥여주고는 뒷좌석에 올랐다. 슬쩍 고개를 드니 대시보드의 시계가 벌써 오전 10시임을 알려주었다.

'한창 예선을 치르고 있겠구나.'

민수는 목덜미를 문질렀다.

첫 상대부터 전날에 수를 겨루었던 꼬마보다 훨씬 강하고 또 한 수, 한 수가 날카롭고 절묘했다.

최은정이라는 여류기사였는데 민수와 마찬가지로 한국기원 연구소 출신이었다. 민수보다는 몇 년 후배였다. 꼼꼼하고 치밀해서 좀처럼 실수를 저지르지 않아서 어제와 같은 요행은 기대하기 어려웠다.

그야말로 진검승부였다.

민수는 스스로를 독려하며 반드시 이기겠다는 각오로 한수, 한 수를 신중히 두었다.

여기저기서 고함소리가 튀어나왔다.

비명소리도 뒤섞였다.

남해는 타고 온 승용차 옆에 서서 씁쓸한 눈빛으로 철거작업을 지켜보았다.

오늘은 어제보다 주민들의 저항이 더욱 거세고 치열했다.

남자는 물론이고 나이든 할머니들조차 전혀 주눅 들지 않고 거친 건달들을 상대로 맹렬히 분전했다.

이쪽의 원동력이 돈이라면 저들의 원동력은 생존이었다.

당연히 쉽게 물러나지 않으리라.

"아무래도 애들을 더 투입해야 하지 않을까요?"

천수가 다가와 물었다. 오늘은 종태의 모습이 보이지 않았다. 언제는 같이 일을 도모하자고 하더니 결국 둘째 날부터 이런저런 핑계를 대고 궂은일에는 자기만 혼자서 쏙 빠진 것이다. 애초에 기대하지 않았던 터라 별로 놀랍지도 않았다.

남해는 천수의 말을 무시하고 조용히 담배를 피워 물었다.

한국기원 연구소 후배를 상대로 신승을 올린 민수는 화장실에 가서 찬물로 세수를 하며 정신을 가다듬었다.

쉽지 않은 상대였다.

한때는 정말로 벼랑 끝에 몰렸다가 가까스로 역전에 성공했다. 불과 한 시간 사이에 체력을 모두 소진한 기분이었다. 그만큼 상대의 실력이 뛰어났다. 벌써 지친 듯하지만, 오히려 기분은 더할 나위 없이 좋았다.

실로 오랜만이었다. 이런 느낌은.

권태로운 일상 속에서 내기바둑을 둘 때와는 사뭇 달랐다.

마치 처음 바둑을 배우던 시절로 돌아간 것 같았다.

'인생이 바둑이라면 첫 수 부터 다시 한 번 두고 싶다.'

순간, 까닭 모르게 남해가 했던 말이 떠올랐다. 그랬나. 그때 이런 기분으로 말했던 것일까. 민수는 어렴풋이나마 남해의 마음을 이해할 수 있을 것 같았다.

민수는 주머니에서 휴대폰을 꺼냈다. 그러고는 전화번호 목록에서 '깡패 두목'을 찾았다. 통화버튼을 누르려다가 생각을 고치고 다시 주머니에 넣었다.

종이수건을 뽑아 물기를 닦은 민수는 다시 대회장으로 돌아갔다.

적지 않은 시간이 흘렀다.

맹렬했던 주민들의 저항이 차츰 약해지기 시작했다.

아무리 죽기 살기로 대들어도 한계가 있기 마련이다. 무엇보다 폭력의 질이 달랐다. 이쪽은 밥 먹고 하는 짓이 사람을 패는 것이지만 주민들은 그렇지 않다. 애초부터 상대가 되지 않는 게임이었다.

시간이 지날수록 부상자들이 속출했다.

"이 새끼들아! 니들이 사람 새끼냐!"

별안간, 머리에 띠를 두른 건장한 체구의 사내가 고함을 지르며 남해에게 달려왔다. 하지만 상식이 득달같이 달려와 쇠파이프로 사내의 후두부를 내리쳤다. 퍽, 하는 둔탁한 소리와 함께 사내가 피를 쏟으며 맥없이 고꾸라졌다.

상식은 얼굴에 튄 핏물을 손등으로 쓱 훔치고는 눈을 까뒤집고 바들바들 떨고 있는 사내의 머리채를 잡고 저쪽으로 질질 끌고 갔다.

이번에는 째지는 비명소리가 남해의 신경을 거슬렸다.

새파랗게 어린 천수의 부하가 백발이 성성한 할머니의 뺨을 갈겨서 쓰러뜨리더니 그것도 모자라 구둣발로 마구 걷어차고 있었다.

남해는 이맛살을 찌푸리며 물고 있던 담배를 발로 비벼 껐다.

그때 뭔가 깨지는 소리가 들리더니 평상이 뒤집히며 그 위에 있던 바둑판과 바둑통이 바닥을 구르고 바둑알들이 우르르 쏟아졌다. 그중 흑돌 몇 알은 남해의 발치까지 굴러왔다. 남해는 허리를 숙여 바둑알을 주웠다.

'바둑은 서로가 한 수씩 두는 세상에서 제일 공정한 게임입니다!'

남해는 고개를 들고 주변을 둘러보았다. 그리고 입술을 지그시 깨물었다. 서너 걸음 떨어진 곳에서 인걸이 각목을 휘두르며 혹여나 주민들이 남해에게 다가오지 못하도록 지키고 있는 모습이 보였다.

"인걸아."

남해가 인걸을 불렀다.

"예."

"애들, 철수시켜."

"예?"

인걸이 완전히, 그리고 정말로 당황해서 되물었다.

"철수시키라고."

남해는 더는 묻지 말라는 듯 단호히 말했다.

"하지만, 형님……."

인걸은 뭔가 말하려다가 입을 다물고 고개를 숙였다. 남해의 결심이 확고하다는 것을 알았기 때문이다.

"알겠습니다, 형님. 애들 철수시키겠습니다."

그러고는 곧바로 상식을 불러서 철수 명령을 내렸다. 옆에서 보고 있던 천수가 황당하다는 얼굴로 다가와 남해에게 따졌다.

"아니, 형님 지금 뭐하시는 겁니까. 여기서 형님네가 갑자기 빠지면 우리는 어떡하라는 거냐고요. 예? 아니, 이 무슨 개 같은 경우가 다 있지. 진짜 내가……."

천수는 하려던 말을 다 내뱉지 못했다.

"이런 싸가지 없는 새끼가! 어디서 형님한테 말대꾸야. 야, 천수. 내가 그랬지. 형님에게 잘하라고!"

인걸이 천수의 면상에 주먹을 날렸다.

천수가 나자빠지자 일수회 조직원들이 무슨 일인가 싶어서 눈을 껌벅거렸다. 그러다가 남해가 뒤통수쳤다고 판단하고 상대를 철거민에서 남해의 조직원들로 바꾸었다. 철거 현장은 갑작스럽게 두 조직 간의 감정싸움으로 번지면서 그야말로 아비규환이 되고 말았다.

민수는 들뜬 마음으로 대회장을 나섰다.

3회전까지 패가 없는 전승. 예선을 완벽하게 치르고 이제 본선에 진출할 일만 남은 셈이다. 기뻐선지 콧노래가 절로 나왔다. 언젠가 남해가 데려가주었던 바에서 들은 노래의 멜로디를 흥얼거리며 기원으로 향했다.

그렇게 몇 분 정도 걸어가고 있는데, 차가운 것이 정수리에 닿았다.

민수는 걸음을 멈추고 하늘을 올려다봤다.

눈이 내리고 있었다.

남해는 눈을 맞으며 산동네를 오르고 있었다.

거미줄처럼 나 있는 골목을 가로질러 정상 부근에 있는 어느 허름한 집을 찾아가는 길이었다. 한참을 부지런히 올라가니 머지않아 눈에 익은 녹슨 양철대문이 나타났다. 워낙 낡은 집이라 훔쳐갈 게 없어서인지 문은 잠겨있지 않았다.

"계십니까?"

남해는 조심스럽게 문을 밀고 들어갔다.

초로의 남자가 툇마루에 앉아서 먼 곳을 바라보고 있었다. 손에는 목발을 짚고 있었는데, 인기척을 못 들었는지 남해가 다가가는데도 남자는 고개 한 번 돌리지 않았다. 어쩌면 일부러 외면하고 있는지도 몰랐다.

"저, 왔습니다. 형님."

남자는 그때서야 남해를 쳐다봤다. 하지만 그뿐이었다. 딱히 반기지도 홀대하지도 않고 다시 고개를 돌렸다.

"동생 왔는가."

남해는 정중히 인사를 했다.

"나와 계셨습니까."

"갑갑할 땐 차라리 밖이 좋아. 경치도 괜찮고."

"얼굴은 여전하십니다."

"다 자네 덕분이지. 자네가 아래만 거두었으니……."

그랬다. 남자의 발목을 앗아간 장본인이 바로 남해였다. 그는 십여 전까지만 해도 남해가 모시던 큰형님이었다.

"……."

남해는 막상 찾아오기는 했지만 무슨 말을 해야 할지 몰랐다. 그래서 멍하니 서서 그의 옆얼굴만 바라봤다.

"근데 어쩐 일인가? 나에게 아직 볼 일이 남으셨는가?"

남자가 하대도, 존대도 아닌 특유의 말투로 물었다.

"그냥 형님 한번 뵙고 싶어서요."

"별일이구먼."

"……."

그 뒤로 한참 동안 서로 말을 하지 않았다.

눈은 계속해서 내렸다.

이윽고 남자가 목발을 짚고 절룩거리며 툇마루에서 일어섰다.

"초겨울인데 눈이 오니 쏠쏠하네. 조심해서 가시게."

그러고는 뒤도 돌아보지 않고 집 안으로 들어가 버렸다.

남해는 멍청히 서 있다가 짧게 한숨을 내쉬고 집에서 나왔다. 그사이에 눈이 제법 쌓여서 길이 미끄러웠다. 덕분에 올라올 때보다 시간이 훨씬 더 걸렸다. 남해는 주춤거리며 골목길을 내려갔다.

큰길까지 내려온 남해는 택시를 기다리다가 문득 맞은편

건물에서 기원을 발견했다. 그러고는 마치 조건반사처럼 그 기원으로 걸음을 옮겼다. 변두리라 그런지 기원은 비교적 한산했다. 딱히 상대가 없어서 남해는 원장에서 대국을 청했다. 마침 그 기원의 원장도 딱히 소일거리가 없었던 터라 흔쾌히 승낙하고 바둑판을 가져왔다.

"기원하면 밥은 먹고 삽니까?"

남해가 바둑을 두다말고 넌지시 물었다.

"밥이야 먹지 않겠어요."

원장은 뭘 그런 걸 다 묻는다는 듯 퉁명스럽게 대꾸했다. 그때 저쪽에서 바둑을 두던 손님이 원장을 불렀다.

"원장님! 짜장밥 하나 시켜주쇼!"

"알았수다."

원장은 대답을 하고 주섬주섬 일어섰다.

남해는 카운터로 가서 전단지를 뒤적이는 원장을 물끄러미 쳐다봤다.

"……."

"자, 우리 기원에선 최초로 입단대회 최종전에 올라간 박민수 사범의 입단을 기원하면서 건배!"

원장의 선창에 맞춰, 기원 식구들이 잔을 들고 건배를 외쳤다.

　민수의 본선 진출을 축하하는 기념 파티였다. 평소 짠돌이로 소문난 원장이 모처럼 사재를 털어 술과 음식을 장만하고 기원 식구들을 모두 초대했다. 그래봐야 치킨 몇 마리와 중국요리 몇 접시가 전부였지만 평소 원장의 씀씀이를 생각하면 이 정도도 진수성찬이나 다름없었다.

　"형. 오늘 형이 둔 바둑을 내가 놓아 보니 초반에는 꽤 불리했던데?"

　아직 미성년자로 술을 마실 수 없는 철호가 종이컵에 콜라를 따르면서 딴에는 진지한 어조로 물었다.

　"불리하긴, 뭐가 불리해, 인마!"

　원장이 쓸데없는 소리를 다 한다는 듯 철호를 구박했다. 하지만 이 정도로 굴할 철호가 아니었다.

　"에이, 원장님은 바둑이 약해서 몰라요."

　철호의 말에 원장은 버럭 화를 냈다.

　"뭐? 바둑이 약해서?! 야! 이 새끼야, 너 당장 이리 나와. 오냐오냐 해주니까 버릇없이. 나하고 밤내기 야통(기원에서 밤새는 조건으로 지출하는 비용, 바둑을 두던 잠을 잘 수 있다)으로 한번 가자! 내가 오늘 그 건방진 코를 아주 납작하게 해주마."

　"원장님도 참. 애가 하는 소리가지고 왜 그러세요."

　옆에서 용배가 고개를 흔들었다.

　"애가 너무 까불잖아."

원장이 억울하다는 듯이 항변했다. 하지만 아무도 원장의 편을 들어주지 않았다. 소외감을 느낀 원장은 소주를 종이컵에 따라서 벌컥벌컥 들이켰다.

"야! 민수야 한마디 해라."

광팔이 그렇게 말하며 민수의 잔에 소주를 따라주었다.

민수는 잠시 고민하더니 머쓱한 표정으로 짧게 각오를 말했다.

"꼭 입단하겠습니다."

"박수!"

철호가 말했다.

사람들이 박수를 치는데 여전히 분이 덜 풀렸는지 원장이 살금살금 다가가 철호의 뒤통수를 때렸다.

원장은 환갑을 넘긴 나이에도 아직도 어린애 같은 구석이 있었다.

민수는 원장의 소심한 복수를 보며 빙긋 웃었다.

그때 주머니에서 휴대폰이 울렸다. 혹시 남해인가 싶어서 꺼내보니 모르는 번호였다. 민수는 고개를 갸웃하며 전화를 받았다.

"여보세요? 네, 제가 박민수입니다. 네, 저희 어머니 맞습니다. 그런데 무슨 일 때문에 그러시죠. 예? 어디라고요. 경찰서요?"

예전에 모시던 형님을 만나고 온 남해는 귀가하지 않고 사무실로 와서 마지막으로 민수와 뒀던 대국을 복기하며 시간을 때우고 있었다. 그러다가 인기척이 들려 고개를 드니, 인걸이 양주와 잔을 들고 사무실로 들어왔다.

"바둑은 다 둔 거 같은데, 이상하게 끝내기가 안 된다."

남해가 말했다.

"원래 바둑에서 끝내기가 제일 어렵잖아요."

인걸이 잔에 술을 따르며 알은체를 했다. 그 말에 남해는 피식 웃더니 인걸을 쳐다보고 물었다.

"인걸아, 너 정말로 군대 3급은 맞냐?"

"형님도. 그럼 내가 없는 말을 지어냈단 말입니까?"

인걸이 서운하다는 듯 입술을 삐죽거렸다.

"군대는 갔다 왔냐?"

"형님, 진짜 왜 이러십니까. 애들처럼."

남해가 고개를 끄덕이며 알았다고 했다.

잠시 어색한 침묵이 흘렀다.

남해는 바둑판을 옆으로 치우고 인걸이 따라준 술을 한 모금 마셨다. 그러고는 무거운 표정을 지으며 인걸을 쳐다봤다.

"인걸아."

"예, 형님."

늘 그렇듯 인걸은 공손히 대답했다.

"다 그만두고 내려가고 싶다."

남해는 한참을 뜸들이더니 힘없는 목소리로 말했다.

“형님, 왜 그리 약한 소릴 합니까?”

“글쎄, 나도 이제 나이가 들었나보다.”

그래서 이제 지쳤지. 남해는 자조적인 미소를 지었다.

다시 침묵이 흘렀다.

이번에는 인걸이 먼저 침묵을 깨고 조심스럽게 말문을 열었다.

“형님. 종태, 그 새끼 나쁜 놈이긴 한데, 이번 재개발 사업은 사실 우리 애들도 그렇고 형님이 한 번 더 생각해 보시는 게…….”

여기까지 말하고 인걸은 잠시 말을 끊고 남해의 표정을 살폈다.

남해는 계속 이야기 해보라는 듯 무덤덤하게 인걸을 쳐다봤다.

인걸은 짧게 헛기침을 하고 다시 말을 이었다.

“나이트도 언제까지나 저희들이 관리 할 수 있는 것도 아니고.”

“인걸아.”

남해가 인걸의 말을 잘랐다.

“예.”

인걸이 말을 멈추고 공손히 대답했다.

“나도 애들한테 미안하고 너한테도 미안하고 그렇다. 근데……."

갈증을 느꼈는지 남해는 술을 한 모금 마시고는 하려던 이야기를 마저 이었다.

"그 사람들 건드리지 마라."

인걸은 잠시 생각에 잠기더니 술잔을 비우고 나서 알아들었다는 듯이 고개를 숙였다.

"알겠습니다."

남해가 인걸의 잔에 술을 따랐다.

"내가 원망스럽냐?"

"저 지금까지 살면서 한 번도 형님 원망한 적 없습니다."

인걸이 정색하며 고개를 가로저었다. 그러고는 일어서서 두 손으로 공손하게 남해의 잔에 술을 따랐다.

"이경자 씨 보호자 되나요?"

얼굴에 피곤한 기색이 역력한 담당 형사가 모니터와 민수를 한차례 번갈아보더니 나른한 목소리로 물었다.

"예, 제 어머니입니다."

민수는 공손히 대답했다.

경자가 그 옆에서 팔짱을 끼고 불만스럽다는 얼굴로 창밖을 내다보고 있었다.

형사는 기록을 조회해보더니 경자와는 다르게 민수의 이

178

력이 깨끗하다는 것을 확인하고는 한심하다는 눈초리로 경
자를 쳐다봤다.

"아줌마, 이런 아드님을 두고 창피하지도 않아요."

경자가 콧방귀를 뀌었다.

"얘도 내기바둑꾼이에요."

"예?"

제대로 듣지 못했는지 형사가 고개를 갸웃하며 되물었다.

"내기바둑! 우리 아들도 내기바둑꾼이라고!"

경자가 갑자기 버럭 소리를 지르자, 형사와 민수는 횡당히
다는 얼굴로 동시에 경자를 쳐다봤다.

"참나……."

"죄송합니다."

민수가 경자를 대신해서 사과했다.

"아, 됐고요. 내가 아드님 얼굴을 봐서 이번만 특별히 봐드
리지만 다음에는 정말 국물도 없어요."

"감사합니다."

민수가 다시 고개를 숙였다.

"아, 예. 여기에 사인하고 어머니 모시고 가세요."

잠시 후, 두 사람은 경찰서를 나와서 나란히 밤거리를 걸
었다.

"화났니?"

경자가 아들의 눈치를 살피더니 조심스럽게 물었다.

“아니.”

민수가 고개를 가로저었다.

“그래. 그럼 다행이고.”

경자는 한시름 놓았다는 듯 고개를 끄덕였다. 그러고는 뭔가 생각났는지 아들을 쳐다보며 물었다.

“너 요새도 그 깡패두목인지 뭔지 하는 사람한테 바둑을 가르치니?”

“이젠 안 해.”

민수가 건조하게 대꾸했다.

“잘했다. 깡패랑 가까이 지내면 좋을 게 뭐 있니.”

“그 사람, 아주 나쁜 사람은 아냐.”

“아니라고?”

“어.”

“깡패면 그냥 깡패지. 뭐 깡패도 좋은 사람 있고, 나쁜 사람이 있니?”

“몰라. 그래도 그렇게 나쁜 사람은 아냐.”

“그래? 그럼 그런가보네.”

민수가 걸음을 멈추고 경자를 쳐다봤다.

“엄마.”

“왜?”

나, 내일 입단 대회 최종전에 나가. 민수는 그렇게 말하고 싶었다. 하지만 끝내 이야기하지 못했다.

"뭐야, 뭔데 그래?"

"아냐, 아무것도."

민수는 조용히 고개를 가로저었다.

"싱겁기는."

"아버지 닮아서 그런가봐."

"얼굴도 기억 못하면서 무슨."

그런가. 그래, 그렇구나. 생각해보니 나는 아버지 얼굴도 모른다. 민수는 새삼 그 사실을 깨닫고 고개를 주억거렸다.

"맞다. 다음 주에 너희 아버지 기일인데 올래?"

경자가 물었다.

"아, 벌써 그렇게 되었나. 알았어, 갈게."

"그래, 그럼. 아버지 제사 때 보자."

민수는 고개를 끄덕였다.

"나, 들어간다. 어제 밤을 샜더니 좀 피곤하네."

"응."

"아들, 안녕."

경자는 민수에게 손을 흔들어주고는 총총 걸음으로 빠르게 멀어졌다. 민수는 엄마에게 손을 흔들며 나직하게 중얼거렸다.

"역시, 말할 걸 그랬나."

하지만 역시 말을 하지 않는 게 낫다고 판단했다. 그러다가 괜히 입단에 실패하면 실망만 안겨줄 테니까.

민수는 경자를 배웅하고 기원으로 돌아가던 길에 잠시 상해 나이트클럽에 들렀다. 본선을 앞두고 인사 정도는 해두는 게 좋다고 생각했기 때문이다. 계단을 내려가 홀로 들어서자, 상식을 비롯한 남해의 부하들이 침울한 얼굴로 테이블에 앉아있었다. 오랜만이라 그런지 몰라도 왠지 그들이 낯설게 느껴졌다.

민수는 홀을 지나 내실로 들어갔다. 하지만 남해의 모습이 보이지 않았다. 다시 홀로 나온 민수는 상식에게 남해의 소재를 물었다.

"사장님, 지금 어디 계세요?"

상식은 민수를 흘끗 보더니 입가에 실소를 머금었다.

"형님이 네 친구냐? 그걸 왜 물어. 야, 기분 별로니까 그냥 가라."

민수는 뭔가 말을 하려다가 입을 다물고 나이트클럽에서 나왔다. 그러고는 남해의 또 다른 사업장인 대부업체 사무실을 찾아갔다.

남해가 홀로 사무실을 지키고 있었다.

민수가 문을 열고 들어오자 남해는 마치 기다리고 있었다는 듯이 빙그레 웃었다.

민수는 고개를 숙이고 남해와 마주앉았다.

남해는 기보를 보며 어떤 대국을 복기하고 있었다.

"누가 둔 바둑이예요?"

민수가 물었다.

"이세돌 9단하고 중국의 구리 9단."

"보면 알아요?"

"나도 볼 줄은 안다. 끝내기를 잘해서 이세돌 사범이 이긴 것 같은데……."

그러면서 남해가 민수의 눈치를 살피며 조심스럽게 착점을 했다.

"여길 젖히고 이은 게 결정타 아니냐?"

"맞았어요. 대단한데요."

"정말이냐? 난 멋도 모르고 대충해 본건데 아마추어도 맞출 때가 있네."

남해는 진심으로 기뻐했다.

"사장님 아마추어 아닙니다."

민수가 말했다.

"아냐! 나, 생 아마추어다."

남해가 정색하며 말했다.

"사장님 프로 맞아요."

"내가 무슨 프로냐?"

"돈 받아내는 건 프로시잖아요. 제일 중요한 일에서 프론데 왜 자꾸 아마추어라고 그러세요, 사장님."

민수가 웃으면서 반은 농담조로 말했다.

"돈이 중요한 줄은 아냐?"

남해가 물었다.

"돈이 안 걸리면 전 바둑을 안둡니다."

민수가 웃음기를 지우고 진지하게 대답했다.

남해는 담배를 피워 물었다. 그러고는 잠시 사이를 두고 민수가 들어왔을 때 무엇보다 묻고 싶었던 질문을 뒤늦게 했다.

"바둑은?"

민수는 이제야 그걸 묻는 거냐며 피식 웃었다.

"이겼어요."

남해의 표정도 밝아졌다.

"그럼 내일 대국만 이기면 입단이네."

"마지막이 늘 고비예요."

민수는 짧게 한숨을 내쉬었다.

"술 한 잔 할래?"

남해가 물었다.

대답은 듣지 않았다.

남해는 자리에서 일어나 선반에서 양주와 술잔 두 개를 가져왔다. 그러고는 각각 한 잔씩 술을 따랐다.

"이거 내가 아주 아끼는 술이다. 아직 인걸이도 맛을 보지 못했어."

"내일, 대국인데."

민수가 낮게 뇌까렸다.

“그래서 마시는 거야.”

남해가 잔을 부딪쳤다.

민수는 마지못해 잔을 들고 한 모금 마셨다. 순간 목구멍으로 불덩이를 삼키는 것 같았다. 생각보다 독한 술이었다.

“돈이 안 걸리면 바둑을 안 둔다고?”

남해가 술잔을 바라보며 조용히 중얼거렸다.

“……”

민수는 아무 대꾸도 하지 않았다.

남해가 다시 고개를 들고 민수를 쳐다봤다.

“술을 알면 프로고, 돈을 알면 아마추어다.”

“……”

민수는 이번에도 아무 말도 하지 못했다.

“싸움에서 상대에게 기가 눌리면 지거든. 그건 바둑이나 싸움이나 비슷해. 큰 승부일수록 기에서 밀리면 끝이다.”

“네……”

몇 분 후, 두 사람은 사무실을 나왔다.

민수가 먼저 기원으로 걸음을 옮겼다.

“민수야.”

남해가 민수를 불렀다.

민수는 돌아서서 고개를 숙여보였다.

남해는 피식 웃더니 주먹을 불끈 쥐며 말했다.

“꼭 이겨.”

민수는 다시 한 번 고개를 숙였다.

재개발 사업 문제로 건설회사 대표를 만나고 온 종태는 대낮부터 혼자 사무실에서 술을 마시고 있었다. 이유를 알 수 없는 남해의 변심으로 일정에 차질이 생겨서 건설회사 대표로부터 책임추궁을 받았기 때문이다. 비록 서로 추구하는 바가 달라서 오랫동안 반목하고 지내긴 했지만 종태는 나름 남해를 존경하고 있었다. 하지만 이번 일은 백번을 양보해도 도무지 이해할 수 없었다.

"이 양반이 벌써부터 노망이 들었나. 왜, 다된 밥에 흙을 뿌리는 거야. 자기가 언제부터 성인군자였다고 이제 와서 새삼스럽게……."

그때였다.

노크를 하고 천수가 낯익은 얼굴과 함께 들어왔다.

남해의 조직에서 행동대장을 맡고 있는 상식이었다. 생각지도 못한 뜻밖의 방문에 종태는 다소 놀랍다는 표정을 지었다.

"형님, 실은 말입니다. 상식이가……."

천수가 다가와 귓속말로 짤막하게 상식의 방문 이유를 설명해주었다. 종태는 고개를 끄덕이고는 상식을 지그시 쳐다봤다.

"진심이냐?"

"예, 형님."

"좋아. 상황정리가 되면 나이트는 상식이 니가 계속 맡아서 영업을 하도록 해. 물론 애들도 관리하고."

"알겠습니다. 사장님."

상식이 넙죽 허리를 숙였다. 어느새 호칭이 형님에서 사장님으로 바뀌었다.

"근데 말이야 한 가지 곤란한 게 넌 원래 남해 형 밑에 있었는데 내가 널 뭘 믿고 모든 걸 맡기냐?"

"믿어주십시오. 형님."

상식은 다시 한 번 허리를 90도로 숙였다. 하지만 종태는 그것만으로는 성이 차지 않는다는 듯 고개를 가로저었다.

"그럼 믿게 해 줘야지."

종태가 천수에게 눈짓을 보냈다.

천수는 음흉하게 웃더니 품에서 회칼을 꺼내 상식에게 내밀었다.

"어디, 성의를 보여 봐."

가장 어려운 건,
끝내기

세고취화(勢孤取和)

상대 세력 속에서
고립되어 있을 때는
신속히 안정하는 길을 찾아라

"형이 할 수 있겠죠?"

철호가 두 손을 모으고 간절한 목소리로 말했다.

마지막 결전을 앞두고 민수를 응원하기 위해 기원 식구들이 대회장으로 총출동해서 모니터를 보며 관전하고 있었다.

"당연한 소리. 박 사범은 꼭 입단할 거야."

원장이 말했다.

"그래, 민수는 분명히 할 수 있어."

광팔이 한마디 거들었다.

용배도 고개를 끄덕였다.

"그래도 혹시……."

"인석아, 그런 부정 타는 소리는 하는 게 아냐."

철호의 머리를 쥐어박으며 원장이 주의를 줬다. 이번만큼
은 아무도 철호의 편을 들어주지 않았다.

철호도 실수를 깨닫고는 달리 불만을 토로하진 않았다.

"어, 시작한다!"

용배가 소리쳤다.

그러자 모든 시선이 일제히 모니터로 향했다.

상해 나이트클럽은 모처럼 활기를 띠었다. 재개발 사업에
참여하느라 잠시 중단했던 영업을 재개하는 그 첫 날이라
준비할 것들이 많았다. 한동안 쓰지 않은 조명들도 점검해
야 하고 손님들을 받으려면 대대적인 청소는 필수였다.

"야! 조심해라! 다치겠다."

인걸이 부하들을 독려하다가 뭔가 생각났다는 얼굴로 주
위를 두리번거렸다.

"야, 근데 상식이는 어디 갔냐? 아까부터 통 보이질 않네."

"상식이 형님, 사우나 갔습니다."

부하 중 하나가 대답했다.

"새끼, 바빠 죽겠는데 치사하게 혼자 사우나를 갔단 말이
야? 이거 안 되겠네, 상식이. 동료애에 대해서 내가 좀 가르
쳐줘야겠는데."

인걸이 반농담조로 중얼거리는데 정리를 하느라 닫아두

었던 출입문이 벌컥 열리며 종태와 천수가 부하들을 이끌고 들이닥쳤다.

"형님!"

입구를 지키고 있다가 급습을 당해고 엉망으로 얻어터진 인걸의 부하가 바닥을 구르며 다급하게 외쳤다.

"인걸아! 형님, 어디 계시냐. 인사드리러 왔다."

종태가 야비하게 웃음을 흘렸다.

"이 새끼들이……."

인걸은 가죽장갑을 끼며 앞으로 나서다가 종태와 천수 사이에 서 있는 누군가를 발견하고 그대로 얼어붙었다.

상식이 무거운 표정을 짓고 인걸을 바라보고 있었다.

"뭐야, 니가 왜 거기에 서 있어."

인걸이 버럭 소리를 질렀다.

"자식이 촌스럽긴. 왜 그러겠냐. 이 친구도 생각이라는 걸 할 줄 아니까 그런 거지. 안 그러냐, 천수야?"

"네, 맞습니다. 형님."

종태와 천수가 만담개그를 하듯 서로 주거니 받거니 하면서 의도적으로 인걸의 신경을 긁어댔다.

"너희들 오늘 다 죽었어!"

인걸이 팔을 걷어붙이며 맹렬한 기세로 달려들었다. 그것을 신호로 인걸의 부하들과 일수회 조직원들이 서로 맞부딪쳤다.

"얘들아, 다 쓸어버려!"

이상하다.

왜 이리 불안할까.

대국을 시작하고 벌써 십여 분이나 지났는데도 민수는 좀처럼 집중할 수가 없었다. 왜 그러는지 스스로도 이유를 몰랐다.

아침에 눈을 뜰 때만 하더라도, 대회장에 입장할 때만 하더라도, 마치 하늘을 날아갈 것처럼 컨디션이 좋았다.

그렇다고 지금 상대하고 있는 기사가 대단한 실력을 지니고 있어 부담스러워 그런 것도 아니었다. 오히려 둘째 날 상대했던 여류기사가 훨씬 더 까다로웠다. 마치 협심증이라도 앓고 있는 것처럼 갑갑하고 숨을 편히 쉴 수가 없었다.

민수는 불안감을 덜어보려고 주머니에서 휴대폰을 꺼내 만지작거렸다. 그러다가 어렴풋이 깨달았다.

이유는 모르겠지만 남해를 걱정하고 있었다.

왠지 모르게 그에게 좋지 않은 일이 일어날 거란 기분이 들었다. 생각이 거기까지 미치자, 그때부터는 도무지 대국에 집중할 수가 없었다. 하지만 막연한 기분 때문에 중요한 기회를 박차고 나갈 수도 없었다.

째깍, 째깍.

타이머의 초침소리가 민수를 압박해왔다.

민수는 착점을 하고 휴대폰에서 남해의 번호를 찾아 전화를 걸었다.

신호음이 여러 차례 울렸지만 무슨 일이라도 있는지 남해는 전화를 받지 않았다. 몇 번을 걸어 봐도 마찬가지였다.

그가 전화를 받지 않으니 더욱 불안해졌다.

빌어먹을, 어쩌면 좋지.

상대가 착점을 하고 타이머를 눌렀다. 기분 탓인지 몰라도 거의 숨 쉴 틈도 없이 곧바로 착점을 하고 있는 것 같았다.

심리적으로 쫓기기 시작하자 바둑판이 잘 보이지 않았다.

갑자기 장님이 된 기분이었다.

인걸은 고함을 지르며 종태에게 달려들다가 두 놈이 한꺼번에 가로막는 바람에 걸음을 멈춰야했다.

"비켜, 새끼들아!"

먼저 오른쪽의 덩치에게 주먹을 날렸다. 놈이 비틀거리자, 곧바로 왼쪽의 얼굴에도 주먹을 꽂았다.

두 놈을 한꺼번에 처리한 인걸의 녹슬지 않은 솜씨를 보고 감탄했다는 듯 종태가 박수를 보냈다.

"아직 안 죽었네, 임인걸. 대단해! 살아있어, 응?"

하지만 인걸의 귀엔 칭찬이 아니라 조롱으로 들렸다.

"종태, 이 새끼! 너, 오늘 제삿날인 줄 알아."

인걸이 씩씩거리며 종태에게 다가갔다.

또 다른 녀석이 인걸을 가로막았다.

"너는 또 뭐……."

인걸이 멈칫했다.

종태의 부하가 아니라 불과 몇 시간 전까지 자기랑 웃고 떠들던 동생이 완전히 정색하고 앞을 가로막고 있었기 때문이다. 변절을 한 것은 상식 혼자만이 아니라는 이야기다. 인걸은 큰 충격을 받고 머뭇거렸다.

그때 뒤에서 한 놈이 달려와 각목으로 인걸의 후두부를 정확히 가격했다.

각목이 경쾌한 소리와 함께 부러지고 그 조각이 허공으로 튀었다. 인걸도 상당한 충격을 받았는지 한쪽 무릎을 꿇었다.

틈을 놓치지 않고 다른 놈이 달려와 인걸의 가슴팍을 걷어찼다.

인걸은 신음을 내뱉으며 벌러덩 나자빠졌다.

이때다 싶었는지, 종태의 부하들이 우르르 몰려와 각각 들고 있는 각목으로 인걸을 사정없이 후려갈겼다.

그것을 지켜보던 상식이 움찔했다가 천수의 따가운 시선을 받고 고개를 돌려 외면했다.

"으아아아!"

뭇매를 맞던 인걸이 괴성을 지르며 일어섰다. 그러더니 자신을 둘러싸고 있던 녀석들 중 한 놈에게서 각목을 뺏어들어 미친 듯이 휘둘렀다. 그 광기 어린 저항에 종태의 부하들이 주춤주춤 물러섰다.

"하아, 하아, 종태, 이 개새끼……."

인걸이 이마에서 피를 흘리며 눈을 치켜뜨고 각목으로 종태를 겨누었다. 마치 귀신처럼 무시무시한 몰골이었다.

결국 불안감을 떨쳐내지 못한 민수는 타이머를 누르고 화장실로 달려갔다. 그러고는 찬물로 세수했다.

별로 효과는 없었다.

여전히 불안은 사라지지 않았다.

민수는 다시 휴대폰을 꺼내 남해에게 전화를 걸었다. 이번에도 역시 남해는 전화를 받지 않았다.

왜 전화를 받지 않는 걸까.

대체 무슨 일이 일어난 거지.

깜빡하고 휴대폰을 집에 놔두고 나왔나.

모르겠다. 내가 왜 그 남자를 걱정하고 있지. 그럴 필요가 있는 걸까.

입단까지는 이제 얼마 남지 않았는데…….

정신 차려라, 박민수.

민수는 거울을 보며 두 손으로 짝, 하고 동시에 두 뺨을 때렸다. 찬물 세수보다 효과가 있는 것 같았다.

조금은 나아졌다.

민수는 종이수건을 뽑아 물기를 닦고 대회장으로 돌아왔다.

심호흡을 하고 나서 바둑판을 내려다봤다. 다행히도 여전히 백중세. 그렇게 흔들린 것치고는 아직 승기를 뺏기진 않았다. 민수는 안도의 한숨을 내쉬고 다시 대국에 집중하며 다음 수를 고민했다.

'여길 젖히고 이은 게 결정타 아니냐?'

빌어먹을.

남해의 목소리가 환청처럼 귓가에 울렸다.

민수는 입술을 꽉 깨물고 착점을 했다.

그러자 상대가 틈을 주지 않고 곧바로 수를 놓았다.

째깍, 째깍.

타이머의 초침소리가 슬슬 거슬리기 시작했다.

안 되겠어. 이러다간 지고 말 거야.

민수는 주먹을 꽉 쥐었다.

몇 걸음이나 옮겼을까.

성난 황소처럼 종태에게 다가가던 인걸은 다시 등짝을 얻어맞고 그대로 주저앉았다. 곧바로 숨 돌릴 새도 없이 날아온 각목이 인걸의 관자놀이를 때렸다.

"헉!"

인걸은 숨을 토하며 옆으로 쓰러졌다.

처음에 인걸에게 얻어맞았던 덩치가 악의를 품고 달려와 다시 일어서려는 인걸의 턱을 걷어찼다.

인걸의 몸이 허공에서 한 바퀴 회전하더니 뚝 떨어지며 바닥을 굴렀다.

인걸이 손으로 바닥을 짚고 상체를 일으켰다. 머리와 코, 터진 입술에서 흘러내린 피가 고이며 빠르게 바닥에 웅덩이를 만들었다. 그럼에도 인걸은 옆에 떨어진 각목을 지팡이 삼아 짚으며 느릿하게 몸을 일으켰다.

그 괴물 같은 모습에 질렸다는 듯 몇몇은 고개를 흔들며 주춤주춤 물러섰다.

인걸은 숨을 가쁘게 몰아쉬며 주위를 둘러보았다. 부하들은 수적인 열세를 극복하지 못하고 전의를 상실한 채 바닥에 주저앉아있었다. 부상도 심했지만 무엇보다 믿고 따르던 상식이 적으로 돌아섰다는 사실에 투지를 잃고 말았다.

"인걸아. 그만 마무리하자. 이만하면 너도 남해 형님에 대한 의리는 다 보여준 거 같은데. 그리고 까놓고 말해서 언제까지 남의 밑구멍만 닦아주며 살 거냐. 너도 그렇고 이제 동생들도 생각해줘야지."

종태가 말했다.

“…….”

인걸이 이빨을 빠드득 갈았다.

“형님.”

이번엔 상식이 나섰다.

“같이 좀 삽시다.”

상식은 거의 울먹이는 목소리로 말했다.

“하아, 하아…….”

인걸이 눈을 부릅뜨며 각목을 고쳐 쥐었다.

천수가 고개를 가로젓더니 안 되겠다는 듯 회칼을 뽑아들며 인걸에게 다가가는데, 갑자기 종태가 손을 뻗어 제지했다.

잠시 기다려보자는 신호였다.

인걸은 상식과 부하들을 번갈아보더니 나직이 욕설을 내뱉었다.

그리고 손에 쥐고 있던 각목을 바닥에 떨어뜨렸다.

째깍, 째깍.

째깍, 째깍.

초침소리가 더욱 긴박하게 울렸다.

타이머가 오작동을 일으켰는지 평소보다 몇 배는 빠르게 느껴졌다.

민수는 마음을 가다듬어보려고 심호흡을 해봤지만 이젠 그것마저 효과가 없었다. 수를 놓는 사이, 사이에 계속해서 남해에게 전화를 걸어보았지만 여전히 받지 않았다. 아무래도 무슨 일이 벌어진 모양이었다.

불현듯, 어젯밤에 보았던 나이트클럽의 정경이 떠올랐다.

평소랑 달랐던 분위기.

특히 상식이 보여준 싸늘한 눈빛과 말투.

역시, 안 되겠다. 이 상태로는 계속 바둑을 둘 수가 없다.

민수는 돌을 던졌다.

상대가 깜짝 놀라 민수를 쳐다봤다. 아무리 봐도 돌을 던질 정도로 민수가 불리한 상황은 아니었기 때문이다.

민수는 그의 시선을 무시하고 휴대폰을 챙겨서 대회장을 나왔다.

"어? 박 사범. 벌써 끝난 거야. 아직 시간이……"

"민수 형!"

기원식구들이 허둥대며 대회장을 나오는 민수를 발견하고 다급하게 불렀지만 민수는 뒤도 돌아보지 않고 밖으로 뛰어나갔다.

"뭐야, 갑자기."

광팔이 황당하다는 듯이 중얼거렸다.

밖으로 나온 민수는 계속해서 남해에게 전화를 걸었다. 이제는 신호음도 울리지 않고 바로 음성사서함으로 넘어갔다.

"전화는 왜 안 받는 거야!"

민수는 신경질을 부리면서도 포기하지 않고 계속 전화를 걸었다.

해가 짧은 계절이라 밖은 이미 어두컴컴했다.

민수는 남해를 찾아서 상해 나이트클럽으로 달려갔다. 그곳에서 만날 수 있으면 좋겠다는 기대를 하며 열심히 뛰었다.

대회장에서 상해 나이트클럽까지는 거리가 상당했다. 택시를 타고 가는 게 더 빠를 수도 있었지만 기다리는 시간조차 아까웠다.

그래서 무작정 달렸다.

날이 저물고 기온이 떨어져서 민수의 입에서 허연 입김이 새어나왔다.

입에서 단내가 날 정도로 정신없이 달리던 민수의 시야에 마침내 상해 나이트클럽이 보였다. 민수는 스퍼트를 올려 입구까지 단숨에 달려갔다.

"이런 젠장……."

출입문을 단단히 걸어 잠근 자물쇠를 발견하고, 민수는 그만 그 자리에 주저앉을 뻔했다. 뛰어온 보람이 없었다.

민수는 머리를 움켜쥐었다.

이제 어디로 가면 좋을지 몰랐다.

바둑을 둘 때면 팽팽하게 돌아가는 머리가 갑자기 고장을 일으켜 멈춘 것만 같았다.

어떡하지.

어디 가서 찾지.

어디에 가면…….

그러다가 퍼뜩 생각이 떠올랐다.

민수는 처음 불려갔던 곳.

그리고 어제도 찾아갔던 곳.

남해의 대부업체 사무실로 뛰어갔다.

다행히 대부업체 사무실은 나이트클럽에서 그리 멀지 않았다. 두어 블록만 가면 바로 나타났다.

곧 눈에 익은 건물이 보였다.

건물 앞에 다다른 민수는 숨도 고르지 않고 계단을 뛰어서 내려갔다. 나이트클럽과 마찬가지로 이곳도 자물쇠가 걸려 있을까봐 노심초사하며 마음이 불안했다. 민수는 지층 출입문을 밀고 들어가 복도에서도 쉬지 않고 뛰었다.

이윽고 눈앞에 남해의 사무실 출입문이 나타났다.

민수는 비로소 걸음을 멈추고 조용히 숨을 골랐다. 그러고는 조심스럽게 문을 열었다. 다행히 잠금장치가 되어있진 않았다.

사무실은 비어있었다.

"……."

민수는 천천히 사장실로 걸어갔다.

그리고 다시 조심스럽게 문을 열었다.

있었다.

옅은 스탠드 하나만 밝힌 채, 그 불빛 아래에서 남해가 바둑판을 꺼내놓고 민수를 기다리고 있었다.

역시, 여기에 있었구나.

민수는 안도의 한숨을 내쉬었다.

남해가 인기척을 듣고 고개를 들었다. 그러고는 아무 말도 하지 않고 조용히 웃었다. 앉으라는 이야기도 없었다. 아니, 굳이 할 필요도 없었다. 의사표현은 바둑판을 꺼내놓은 것만으로도 충분했다.

오랜만에 한판 둘까.

남해는 눈빛으로 그렇게 말하고 있었다.

민수는 문을 닫고 소파로 가서 남해와 마주 앉았다. 바둑판을 보니 늘 그렇듯이 여섯 점을 미리 깔아놓고 있었다.

"여기 계셨네요."

민수가 말했다.

남해는 조용히 웃으며 고개를 끄덕였다.

"여기 있었지. 끝나면 이곳으로 찾아올 줄 알고 이렇게 기다리고 있었어. 어떻게, 대국은 끝난 거야?"

민수는 고개를 끄덕거렸다.

"그럼 입단한 거야?"

남해가 물었다.

민수는 잠시 머뭇거리더니 이내 쓰게 웃으며 고개를 가로저었다.

"입단 못했습니다."

"졌어?"

남해가 확인하듯 물었다. 하지만 별로 놀라지도, 실망하지도 않았다. 어쩌면 이미 예상하고 있었던 것 같았다.

"이번에 안 되면, 다음에 하면 되고. 또 다음에도 안 되면, 그 다음에 하면 되지 뭐. 아직 젊잖아."

"네."

남해가 백돌을 담은 바둑통을 민수에게 내밀었다.

"미리 여섯 점을 놓았어."

새삼스럽지도 않다는 듯, 민수가 빙그레 웃으며 고개를 주억거렸다.

"이 바둑이 박 사범하고의 마지막 대국 같아."

남해가 바둑을 한 움큼 쥐며 말했다.

"나, 시골로 내려간다."

"시골이요?"

민수가 물었다.

남해는 아무런 대꾸도 하지 않고 바둑알을 만지작거렸다.

"……"

민수는 선뜻 돌을 쥐지 못하고 머뭇거렸다. 마지막 대국이라는 말이 마음에 걸려서 그런지도 몰랐다.

"둬."

"……."

"두라니까."

민수는 마지못해 첫 수를 두었다.

"평해에 가 본 적 있어?"

남해가 돌을 놓고는 넌지시 물었다.

"아니요."

민수는 처음 듣는다며 고개를 흔들었다.

"동해안에 있는 작은 읍인데 그곳에서 기원이나 하나 차려놓고 살면 어떨까?"

남해가 물었다.

"군도 아니고 읍에서 영업이 되겠어요."

민수가 피식 웃었다.

남해는 어찌되든 상관없다는 듯 어깨를 으쓱해보였다.

"영업이 안 되면 바다낚시나 다니지, 뭐."

나쁘지 않은 생각이지? 남해가 눈빛으로 그렇게 물었다.

민수는 고개를 주억거렸다.

"그러면 되겠네요."

잠시 침묵이 흘렀다.

남해는 뭔가를 말하려는 듯 입 안에서 웅얼거리더니 입을 다물었다. 그러다가 짧게 한숨을 쉬고는 지나가는 투로 넌지시 말했다.

"월송정이라고 소나무 밭 앞으로 은빛 백사장이 끝없이 펼쳐져 있는데, 내가 내려가면 한번 다녀갈래?"

"예."

민수는 남해의 눈을 보고 고개를 끄덕거렸다.

남해가 흡족하게 웃었다.

"백사장에서 바다를 바라보며 바둑을 한 판 두면 좋을 거야."

"그렇겠네요."

그리고 또 침묵이 찾아왔다.

하지만 무언의 대화는 계속 이어졌다. 아직 서로에게 묻고 싶은 것, 하고 싶은 이야기가 많이 남아있었다.

민수가 돌을 놓았다.

'왜 저에게 바둑을 가르쳐달라고 하셨나요?'

남해가 돌을 놓았다.

'그거야 자네는 고수잖아. 나는 하수고.'

'사장님도 고수세요.'

'내가 고수라고?'

'네, 저한테 인생을 가르쳐 주실 정도로 고수죠.'

민수가 다시 돌을 놓았다.

'왜 저에게 입단하라고 권하셨어요?'

남해도 다시 돌을 놓았다.

'자네는 바둑을 잘 두잖아. 뭐라도 잘하는 게 있으면 그건 좋은 거야. 나는 잘하는 게 없어서 이렇게 살아왔거든.'

민수는 돌을 놓으려다가 잠시 머뭇거렸다.

'그래서 지난번에 그렇게 말씀하셨나요. 인생이 바둑이라면 첫 수부터 다시 두고 싶다고?'

'그랬지. 그랬었지. 하지만 인생은 바둑이 아니잖아. 다시 두고 싶다고 해서 그럴 수도 없는 것이고. 지나버린 일을 후회해봐야 무슨 소용이겠어. 앞으로가 중요하지. 그래서 나는 시골에 내려가는 거고. 자네는, 자네에겐 입단하라고 권한 거지.'

민수가 고개를 주억거리며 돌을 놓았다.

그때 밖에서 소란스러운 소리가 들렸다. 곧이어 문이 거칠게 열리더니 천수가 부하들을 이끌고 안으로 들어왔다.

남해는 문과 마주하고 있어서 천수의 긴장한 얼굴을 자연스레 보게 되었다. 그리고 천수와 동행한 낯익은 얼굴도 볼 수 있었다.

상식이었다.

상식은 남해와 눈이 마주치자 죄의식 때문인지 슬며시 시선을 피했다.

'그런 거였냐? 하긴 너도 어쩔 수 없었겠지.'

남해는 이해한다는 듯이 고개를 끄덕거렸다.

"죄송합니다, 형님."

천수가 꾸벅 고개를 숙였다.

"종태가 보냈냐?"

남해가 물었다.

천수는 애써 부정하지 않았다.

"예."

남해는 별로 놀랍지도 않다는 듯 태연히 돌을 놓았다.

하지만 민수는 남해처럼 무덤덤할 수 없었다. 불안한 눈초리로 곁눈질을 하며 조심스럽게 돌을 놓았다.

"인걸이는 무사하냐?"

남해가 다시 돌을 놓으며 물었다.

"예, 인걸이 형님은 괜찮습니다. 염려 마십쇼."

천수가 대답했다.

남해는 한결 마음이 가벼워졌다.

천수는 그때까지도 눈치도 없이 엉덩이를 뭉개고 있는 민수가 못마땅했는지 뒤쪽에 서 있는 부하에게 눈짓을 보냈다. 그러자 그 덩치가 다가와 민수의 뒷덜미를 잡고 일으켜 세우려고 했다. 하지만 민수는 끌려가지 않고 버텼다.

"근데 이 새끼가……."

이전부터 민수가 맘에 들지 않았던 천수는 인내심의 바닥을 드러내고 한 대 후려칠 기세로 손을 번쩍 들었다.

"천수야."

남해가 불렀다.

천수는 손을 거두고 남해를 쳐다봤다.

"내 바둑선생인데, 아직 바둑이 좀 남았어."

남해의 말에 천수는 짧게 한숨을 내쉬었다.

"알겠습니다. 형님, 시간은 많이 못 드립니다. 속기로 두십시오."

천수가 말했다.

남해는 알았다며 고개를 끄덕이고는 태연히 돌을 놓았다.

민수는 쭈뼛거리며 좀처럼 돌을 놓지 못했다. 그러다가 한참 만에 겨우 착점을 하자, 옆에서 천수가 불만스럽다는 듯 혀를 찼다.

다시 차례가 돌아온 남해는 바둑판을 골똘히 쳐다보더니, 착점을 했다.

이번에도 민수는 머뭇거리다가 간신히 돌을 놓았다.

천수의 얼굴이 점점 일그러졌다.

'걱정하지 마라. 자네에겐 아무 일도 없을 테니까. 그러니 바둑이나 마저 두라고. 마지막 대국인데 한 번은 이기고 싶어.'

남해가 눈빛으로 그렇게 말하며 느릿느릿 돌을 놓았다.

민수는 돌을 쥐고는 자신 없는 표정을 지으며 선뜻 착점을 하지 못하고 망설였다.

천수가 한숨을 쉬었다.

돌을 쥔 민수의 손이 미세하게 떨렸다. 좀처럼 돌을 놓지 못한다. 이 대국이 끝나면 남해에게 어떤 일이 벌어질지 너무나 잘 알기에 쉽게 착점을 할 수가 없었다. 그냥 이대로 시간이 멈췄으면 싶었다.

"……!"

너무 긴장한 탓일까.

민수는 그만 돌을 놓치고 말았다. 백돌이 바둑판 위로 떨어지며 반상 위에 다른 돌들을 건드렸다. 당황한 민수가 얼른 돌을 집었다.

"쯧."

더는 못 기다려주겠다는 듯, 천수가 뒤쪽의 부하들에게 신호를 보냈다. 그러자 체격이 크고 우락부락한 두 놈이 와서 거칠게 민수의 어깨를 잡더니 강제로 끌어냈다.

"사장님!"

민수가 소리치며 거칠게 저항했다. 하지만 두 사내의 완력을 감당하기엔 턱없이 부족했다. 이번에는 남해도 도와주지 못했다.

남해는 허무한 눈빛으로 두 사내에게 끌려 나가는 민수를 말없이 바라봤다.

"형님, 다른 감정은 없습니다. 이해해주십시오."

천수가 말했다.

"……"

남해는 아무 대꾸도 하지 않았다.

상식이 긴장한 얼굴로 앞으로 나왔다.

남해가 고개를 들어 상식을 쳐다봤다. 이번에는 상식도 그 시선을 피하지 않았다. 입술을 꽉 깨물고 버티면서 천천히 다가왔다.

상식은 마지막으로 예를 갖추고 고개를 숙이더니 품안에서 회칼을 꺼냈다.

시퍼런 칼날을 보고도 남해는 그다지 두렵지가 않았다. 단순히 담대해서 그런 게 아니었다. 스스로도 이해하기 어렵지만 남해는 결국 이런 순간이 오리라는 것을 알고 있었다. 며칠 전, 예전에 모시던 형님을 찾아갔던 날이었는지, 아니면 처음 건달 생활을 시작한 날이었는지, 그때가 정확히 언제인지는 모르겠지만, 자신의 최후가 이렇게 되리라는 걸 이미 예상하고 있었다. 은퇴를 준비하고 시골에 내려가겠다고 말을 할 때도 이런 결말을 짐작하고 있었다. 그래서 덤덤하게 이 순간을 마주할 수 있었다.

남해는 조용히 눈을 감았다.

그때였다.

밖으로 끌려 나갔던 민수가 고함을 질렀다.

남해는 눈을 번쩍 떴다.

그 순간, 상식이 회칼을 쥐고 달려들었다.

때를 같이해서 민수가 자신의 팔을 잡고 있는 덩치를 뿌리치고 그에게 주먹을 날렸다. 덩치는 보기 좋게 나가떨어졌다.

남해를 찌른 상식의 얼굴이 경악으로 물들었다.

남해가 칼날을 단단히 쥐고 있었다.

상식은 당황했다. 미처 예상하지 못했던 반격이었다.

그때 민수가 또 다른 녀석을 때려눕혔다. 마치 거기에 호응하듯이 남해도 상식의 면상에 주먹을 꽂았다.

상식이 신음을 내뱉으며 나동그라졌다.

천수가 고함을 지르며 부하들에게 남해를 처리하라고 지시했다.

덩치들이 각목을 휘두르며 남해에게 달려들었다.

민수가 남해를 도우려고 성큼성큼 달려오다가 누군가가 휘두른 각목에 뒷머리를 맞고 무릎을 꿇었다.

그때 상식이 다시 일어나 바닥에 떨어진 회칼을 주웠다. 남해가 벌떼처럼 달려드는 천수의 부하들을 상대하다가 쓰러지는 민수를 보고 순간 한눈을 파는 사이에, 상식은 주저하지 않고 파고들며 남해의 배에 회칼을 박았다.

한 번.

또 한 번.

그리고 또 한 번.

마침내 남해가 무너지며 두 무릎을 꿇었다.

민수가 울부짖었다.

회칼이 또 한 번.

또 한 번.

또.

남해와 민수의 시선이 서로 얽혔다.

남해는 그런 민수를 보며 뭔가 말을 해주고 싶었다. 하지만 목소리가 나오지 않았다. 몸도 천근만근처럼 무거워서 마음대로 가눌 수 없었다. 그런데 이상하게도 통증은 느껴지지 않았다. 남해는 민수를 보며 소리없이 미소를 지어주었다.

그리고 한순간 어둠이 찾아왔다.

그리고 적막이 찾아왔다.

그리고 자신이 누구인지 잊어버렸다.

그리고…….

에필로그

그로부터 1년 뒤.

민수는 입단 대회에 나가지 않았다. 그렇다고 바둑을 그만두지도 않았다. 대신에 다른 방식으로 도전하기로 했다.

그리고 선택한 것이 아마추어와 프로의 구분 없이 누구나 참여할 수 있는 세계물산배 타이틀전이었다. 사실상 무명이나 다름없는 민수는 이 대회에 참가해서 일대 파란을 일으켰다. 전승으로 예선을 통과한 것도 대단했지만 강력한 우승후보였던 일본의 구로다 9단을 꺾으면서 일약 깜짝 스타로 떠올랐다. 거기에 한구기원 연구생 출신이라는 이력이 알려지면서 언론의 주목을 받게 되었다.

공중파와 케이블 채널, 이원 방송으로 생중계 되는 본선의 첫 대국에 출전하는 자격까지 얻은 민수는 지금부터가 진짜 시작이라는 마음으로 스튜디오에 도착했다.

담당 스태프의 안내를 받아 대국 장소로 이동한 민수는 중계 시작까지 차분하게 숨을 고르며 기다렸다.

그리고 얼마쯤 지났을까.

주변이 갑자기 어수선해지며 공중파 방송국과 바둑 채널의 중계진이 분주하게 움직였다.

드디어 조명이 켜지고 스튜디오가 환하게 밝혀졌다.

기다리던 순간이 온 것이다.

방송 시작을 얼리는 시그널이 울렸다.

대국에 앞서 호흡을 가다듬던 민수는 조용히 감았던 눈을 떴다. 눈앞에 이제부터 상대해야할 중국의 기사가 앉아 있다.

이름이 뭐였더라?

기억을 더듬고 있는데 온에어에 불이 들어오며 진행을 맡은 남녀 프로기사가 마이크를 잡고 큐시트를 보며 멘트를 시작했다.

"이번에 소개 할 대국은 이번 세계물산배에서 유일하게 아마대표로 본선에 진입해 파란을 일으키고 있는 박민수 아마 7단의 대국입니다. 32강전에서 일본의 구로다 9단을 꺾고 올라 왔는데요, 한국기원 연구생 출신이라고만 되어있고 별로 잘 알려져 있지 않은 선수입니다. 반면, 상대는 중국의 차세대 유망주 장지아량 8단 아닙니까?”

남자 진행자가 묻자 여자 진행자가 맑고 청량한 목소리로 멘트를 이어받았다.

“네, 맞습니다. 장지아량 선수는 지난해 자국기전인 이광배에서 우승까지 한 중국의 최정상급 기사라고 봐야죠.”

맞다. 이름이 장지아량이었지.

민수가 천천히 돌을 가렸다.

“아마추어로서는 세계 대회에 16강까지 올라온 것이 처음 있는 일인데요, 대회 최대 이변입니다. 아! 박민수 선수 지금 돌을 가리고 있군요.”

백은 민수가, 흑은 중국 기사가 쥐었다.

첫 수는 흑을 쥔 장지아량이 둔다.

장지아량은 돌을 보란 듯이 바둑판의 정중앙인 천원에 착점했다.

그의 입가에 비릿한 미소가 떠올랐다.

객석이 술렁였다.

“흑을 쥔 장지아량 선수가 첫 수를 천원에 놓는군요. 저 수는 옛날에는 간혹 두어졌지만 현대에 와서는 잘 안 두는 수죠.”

“어떻게 둬도 이길 자신이 있다는 상대를 얕잡아 볼 때 두는 수가 아닌가요?”

진행자들이 바둑을 잘 모르는 시청자들을 위해 장지아량

이 둔 첫 수에 대한 해설을 주고받았다.

그렇다.

그들의 말처럼 장지아량의 첫 수는 상대를 기망하는 오만함의 극치였다. 진행자들이 순화해서 표현하긴 했지만 말 그대로 '너 따위는 내 상대가 되지 않는다!'라는 의미다. 대륙에서 건너온 장지아량의 머릿속엔 민수라는 존재는 없었다.

'싸움에서 상대에게 기가 눌리면 지거든. 그건 바둑이나 싸움이나 비슷해. 큰 승부일수록 기에서 밀리면 끝이다.'

민수는 남해가 해줬던 충고가 떠올랐다.

그렇다.

바둑도 싸움과 같다.

조치훈 9단이 이야기했듯 바둑도 싸움처럼 목숨을 걸고 한다. 겁을 먹고 물러서면 상대를 이길 수가 없다.

민수는 오만한 중국 기사를 똑바로 쳐다보며 천천히 돌을 들었다. 그리고 일신의 기운을 실어 첫 수를 내려놓았다.

"딱!"

내 바둑은 이제부터 시작이야!

기성(棋聖) 오청원은 바둑을 조화(調和)라 하고,

명인 도샤쿠(道策)는 바둑을 도(道)라 했다.

풍운아(風雲兒) 겐낭인세키(幻庵因碩)는 바둑에서 이치(理致)를 터득했고,

이창호는 바둑으로 경지(境地)에 올랐다.

바둑은 무엇인가?

마지막 수 끝내기

인생이 바둑이라면 첫 수 부터 다시한번 두고싶다.

각본 감독 조세래

“영화가 누군가에게 이토록 놀라움을 줄 수 있는 것이라면,
나도 그 놀라움을 관객에게 전하고 싶다.”

– 조세래(1957~2013) –

/등 장 인 물/

김남해 : 변두리 깡패두목.

임인걸 : 김남해의 오른팔.

박민수 : 20대 초반. 한국기원 연구생 출신의 내기바둑꾼.

광팔 : 30대. 역전기원 하우스 장.

종태 : 일수회 보스.

상식 : 김남해의 왼팔.

천수 : 종태의 오른팔.

송 원장 : 역전기원 원장.

용배 : 기원 독립군.

철호 : 명인을 꿈꾸는 아이(14세)

경자 : 민수의 엄마.

희연 : 20대. 여류기사.

이세돌 : 특별출연.

유창혁 강나연 : 특별출연.

그 외

바둑판
그 위로 글씨가 새겨지고 당대 명인들의 그림이나 사진이 나타난다.

기성 오청원은 바둑을 조화(調和)라 하고
바둑판위로 한 수가 놓여지며

명인 도책(도사꾸)은 바둑을 도(道)라 했다.
다시 한 수가 반상위로 떨어지며

풍운아 겐낭인세키는 바둑에서 이치(理致)를 터득했고
다시 한 수가 …

이 창호는 바둑으로 경지(境地)에 올랐다.

바둑은 무엇인가?

1. 건물계단(내부, 낮)

미친 듯이 올라가는 사내의 하반신.

2. 역전기원(내부, 낮)

바둑판 위에서 계가하는 민첩한 손.
판위에 네모반듯한 집들이 만들어진다.
마무리 되는 계가.

용배 (내복차림의 희귀한 복장) 백이 이겼구만이라!

바둑에 이긴 사람이 판 옆에 돈을 집어 드는데
갑자기 기원문이 확 열리고 뛰어 들어오는 사내. 주위를 두리번거리다
가 기원 특별대국실(하우스방)로 급히 들어간다.

cut to

역전기원 하우스

사람들이 포커를 치다말고 들어오는 사내를 보고 !!!

광팔(하우스 장) !?

cut to

역전기원

곧 이어 들이닥치는 임인걸, 이상식, 이하 부하들, 맨 뒤에 … 김남해.
(보스)
골방(독립군들이 기거하는 방)에서 뛰어나온 송 원장 및 독립군들 …
(독립군: 기원에서 살다시피하는 사람들)
반대쪽에 내복 차림에 구두를 신고 서 있는 용배의 희한한 모습.
남해, 생전 처음 와 본 듯한 묘한 표정으로 기원 안을 휘 둘러본다.
험악한 얼굴로 손님들을 하나하나 확인하는 상식과 부하들.
이 때 하우스에서 나오는 광팔.
인걸, 하우스로 쳐들어간다.
막아서는 광팔을 확 재끼고 거칠게 들어가는 인걸.

광팔 뭐야!

cut to

역전기원 하우스
....

돌아가는 패.
사내, 시침을 떼고 패를 집어 든다.
사내의 뒤로 다가가는 인걸, 사내의 뒷덜미를 움켜쥐고 들어 올린다.

cut to

역전기원
....

바둑판위로 쓰러지는 사내.
돌 통 속에 바둑돌이 바닥에 쏟아져 흩어진다.
다시 사내를 일으켜 세워 한방 먹이는 상식. 나가떨어지는 사내.
얼굴이 피투성이가 되고 기원이 난장판이 된다.
인걸, 상식에게 그만하라는 손짓을 한다.
사내를 데리고 나가는 상식과 부하들.

인걸 형님, 가시죠.

어느 틈에 바둑을 구경하고 있는 남해.

인걸 형님?

못 들은 척 계속해서 구경하는 남해.

인걸 (고개를 갸웃하며) 형님 바둑 한 판 … ?

구경하다말고 빈자리로 뚜벅뚜벅 걸어가서 바둑판 앞에 앉는 남해.

인걸 야! 원장! 이 기원에서 바둑 제일 센 놈 데려와!
송 원장 몇 급 두시는데 … ?
인걸 급수 같은 거 물어보지 말고 최고 잘 두는 놈으로 데려와!
송 원장 …

사람들의 시선이 구석자리에 앉아 기보를 놓고 있는 민수를 향한다.
돌을 놓다말고 남해 쪽을 바라보고 있는 민수.

cut to

남해 앞에 앉는 민수

인걸 (대뜸 흑 여섯 점을 놓고 백 돌 통을 남해 앞에 끌어 놓으며) 내가 군대3급이고
형님이 나보다 조금 위니까 여섯 점에 학생이 형님한테 한 수 배워봐!
송 원장 이보시오! 여기 박 사범은 한국기원 연구생 출신인데 이세돌이도 함부로
못 접는 바둑이오!
인걸 뭐! 이세돌이가 못 접는다고? 세돌이는 좀 두는 바둑인데 …
야! 너희들 지금 사기치는 거 아냐!

송 원장, 난감해서 남해를 쳐다보자.
남해, 민수를 슬쩍 한번 흘겨보고 백돌을 민수 앞으로 놓고 흑돌을
가져 온다.

인걸 혁 형님!

민수가 여섯 점 접바둑에 첫 수를 역 모션으로 날 일자에 걸쳐가면서

"끝내기"
돌이 가득한 바둑판
뒤엉킨 흑돌이 거의 다 죽었다.

용배 저 선상 돌이 다 죽었구만이라!

인걸, 용배을 째려본다. 인걸의 시선을 피하는 용배.
돌을 던지는 남해. (패국선언)

인걸 아니 형님! (어떤 지점에 돌을 놓으며) 여기를 먼저 두면 백돌이 다 죽었잖아요!

인걸을 쳐다보는 남해. 머쓱해지는 인걸.

남해 젊은 친구가 바둑을 잘 두는군!
민수 …
송 원장 박 사범은 보통바둑이 아닙니다. 웬만한 프로들도 못 당해요.
인걸 사범이라고? 어린데 …
용배 그러니까 사범이제- 요즘은 어린애들 바둑이 제일 겁나지라~
인걸 애들 바둑이 겁난다고!? 그럼 군대바둑은?
용배 군대바둑은 아무것도 아니지라~
인걸 당신 몇 급이야?
용배 왜 그러시오?
인걸 나 군대 3급인데 한 판 붙자고.
용배 난 군대바둑하고 안 두어라.
인걸 왜 안 둬?
용배 바둑 질 배려 부러~
인걸 뭐야! 이 새끼가 가만히 보니 군대바둑을 좆으로 보내 야! 너 이리 나와!
송 원장 뒤로 재빨리 숨는 용배.
인걸 (지켜보던 광팔에게) 너도 군대바둑을 좆으로 보냐?

광팔 저는 좆으로 안봅니다.

인걸 그럼 뭐로 보냐?

광팔 좆으로는 안보지만 거 뭐랄까 (씨익 웃으며) 개 씹할! 희한한 …

인걸 이 씹할 놈들! 내 이럴 줄 알았다. 너희들 오늘 나한테 다 죽었어!

펄펄뛰는 인걸.

이때 일어나는 남해.

인걸 형님, 이놈들이 군대바둑을 좆으로 보네요.

남해 인걸아

인걸 예. 형님.

남해 군대바둑은 모르겠는데 군대 좆같다. 가자.

인걸을 앞세우고 나가는 남해.

민수 …

3. 화장실(내부, 낮)

민수가 소변을 보고 있는데 옆으로 들어서는 광팔.

광팔 그 새끼들 조폭들 같던데 바둑도 두네.

민수 바둑 두는데 조폭이면 어때, 형!

광팔 하긴 바둑이 사람가리나! 근데 여섯 점에는 쨉도 안되지?

민수 잘 두던데.

광팔 보기보단 꽤 두던 모양이지. 그건 그렇고
너 어떤 놈 하고 석 점에 방내기 한번 둬라. 뒷돈은 내가 댈게.

민수 누군데?

광팔 뭐 좀 까불고 다니는 놈인데 별 놈은 아니고.

민수 누군지도 모르고 석 점을 접어.

4. 어느 기원 하우스(내부, 낮)

끝내기가 5~6수가 순식간에 놓여지고 마무리 되는 바둑.
민수가 4방을 이겼다.
돈을 지불하고 일어나는 사내와 사내의 전주(물주).

전주 치수가 안 맞아! 석 점에는 우리선수가 판 맛을 못 보네!
광팔 석 점이면 아무나 고(Go)라면서.
전주 석 점 아니라 넉 점을 놔도 안되겠어! 차라리 조훈현이하고 두는 게 낫겠다!

전주와 사내, 나가고

광팔 (이긴 돈을 나누며) 살살 다루지. 뭐 그렇게 심하게 하냐?! 손님 떨어지게.

민수. 바둑판을 물끄러미 바라본다.

5. 상해 룸 나이트 내실(내부, 낮)

천수 아가들 싸움에 형님까지 나서면 제가 중간에서 처신하기가 힘들어라. 그라
고 우리애가 실수 좀 했다고 그렇게 다구리까지 놓으면 섭하지요.

남해, 케이블채널을 돌리다가 바둑 티비를 본다.
해설 유창혁9단, 진행 김효정3단.

남해 바둑은 둘 줄 아냐?

천수 백수시절에 죽고 사는 건 배웠어라.

남해 패는?

천수 그 정도는 아는구만요.

남해 나도 근간에 다시 재미를 붙이고 있는데 … 좋다.

천수 저도 나이 들면 좀 두볼라 헙니다.

남해 종태는 잘 있냐?

천수 예. 그렇잖아도 종태형님이 형님에게 안부전하라 하더마요. 바둑 두시면서 고상하게 계시더라고 전해드리것습니다.

90도 각도로 절을 하고 나가는 천수.

6. 나이트 복도(내부, 낮)

천수가 나타나자 일수회(종태파) 조직원들이 모두 일어난다.

인걸 야 천수! 다음번엔 종태에게 직접오라 그래

천수 알겠구만이라 형님. 그라고 제가 드릴 말은 아니지만 이제 큰형님 은퇴시키고 조용히 살도록 해 줘야 안 쓰겄소?

인걸 가, 임마!

7. 역전기원 하우스(내부, 낮)

테이블 가운데 돈이 쌓여져 있다.
뒤에서 구경하고 있는 민수.

선수 맞았으면 가져가라.

용배 (히든카드 오픈) 막장에 좆 같은 게 하나 뜨는구마이라!

용배, 돈을 쓸어간다.
뒤에서 신문을 보던

광팔 2, 30대 백수가 삼백만이 넘네 … 씹할! 다 노네!

cut to

역전기원
....

구두위에 돌을 얹혀 호구에게 교묘하게 전달하는 독립군 사내.
구두에서 돌이 떨어질듯 말듯 아슬아슬하다.
호구의 손이 구두위에 돌을 잡으려는 순간 그 때 입구 문이 쾅하고 열린다.
구두에서 떨어지는 돌!
들이닥치는 인걸과 부하들.
인걸, 기원 안을 둘러보고 민수가 보이지 않자 대번에 하우스 문을 밀고 들어간다.

cut to

역전기원 하우스
....

들어서는 인걸, 구경하고 있는 민수를 다짜고짜 끌고 나간다.
광팔이 인걸을 막아서자 한 방 먹이는 인걸.
바닥에 쓰러지는 광팔.

8. 건물 앞(외부, 낮)

승용차 서고
내리는 민수, 인걸 이하
인걸이 민수를 앞장세우고 들어간다.

9. 남해 사무실(내부, 낮)

들어서는 민수와 인걸. 이하
자리에서 일어나는 소식원들.
남해가 있는 방으로 들어가는 인걸, 민수.

cut to

남해 방

바둑판 한 귀퉁이에 묘수풀이 문제를 놓고 골몰하고 있는 남해.
민수를 앞 세우고 들어서는 인걸.

남해 ??
인걸 형님이 그 문제를 못 풀고 너무 힘들어 하길래 제가 이 친구를 데려왔습니다.
민수 !?
인걸 야 뭐해!

강제로 바둑판 앞에 민수를 앉히는 인걸.

인걸 풀어봐!
민수 …

인걸 풀어보라니까!

민수 제가 무슨 학습지 교삽니까! 문제 풀러 다니게.

인걸 아니 이 새끼가!

남해 인걸아

인걸 예, 형님.

남해 사과해라

인걸 아니 형님…

남해, 인걸에게 눈짓하자

인걸 야! 미안하다.

사과를 받고 나가려는 민수. 그 때

남해 생각은 해 보지만 사활문제가 어렵네.

바둑판을 바라보는 민수.

민수 (한 수를 놓으며) 현현기경에 나오는 문젠데 치중하면 못 잡고 가만히 밀고 들어가면 죽습니다.

두 번째 세 번째 수를 번갈아 놓으며 문제를 풀어준다. 감탄하는 남해.

남해 현현기경은 누가 만들었나?

민수 엄덕보란 중국 원 나라 시대의 명인이 만들었어요.

인걸 덕보? 이름은 별론데.

남해 현현기경이 무슨 뜻이지?

민수 그건 저도 잘 모르는데 그 책의 현 자는 '현묘하다'라는 뜻으로 압니다.

남해 현묘하다?

민수 도리나 이치에 깊다, 뭐 그런거죠.
남해 …

말을 마친 민수가 자리에서 일어나는데 강제로 착석시키는 인걸.

인걸 형님이 일어나라 소리도 안했는데 도리 뭐 하더니만 안되겠네.
남해 괜찮다면 바둑한판 두고 가지.

판위에 여섯 점을 놓는 남해.

(시간경과)

중반전이 된 바둑판

돌 통 속에 돌을 손에 한웅큼 쥐는 남해.
가득 쥐고 한 개씩 착점하는 남해의 모습이 특이하다.

인걸 (흥분해서) 아니 형님! 그걸 끊어서 싸움을 해야지, 겁 많네! 겁 많아! 형님이 보기보단 겁이 참 많네! 옛날에 그 기백은 전부 어디로 가고 애 앞에서 이 무슨 개 망신을!

인걸을 쳐다보는 남해.

인걸 아니 뭐 말이 그렇다는 …

남해가 착점을 하자
인걸, 말은 못하고 얼굴을 오만상 찡그린다.
그 때 상식의 손에 끌려 들어오는 중년사내, 눈 주위가 시퍼렇게 부어 있다.

남해에게 데려가는 상식.

상식 문경까지 가서 잡았습니다.
남해 (돌을 놓으며) 돈을 받아주면 받은 돈의 반을 입금하기로 해 놓고 문경은 왜
갔나? 혹시 놀러 갔나?

어물어물하는 사내.
갑자기 벌떡 일어나서 사내를 난폭하게 두들겨 패는 남해.

민수 …

(시간경과)

종반전

시무룩한 인걸의 얼굴.
2~3수 후에 돌을 던지는 남해.

남해 (아쉬운 듯) 임 부장 말처럼 저쪽을 끊어버리면 …

반상위에 돌을 뜯어내고 부분복기를 하는 민수.
민수가 재현하는 속도에 놀라는 남해와 인걸.
현란한 손에서 요술부리듯이 판위에 돌이 그림을 그린다.

인걸 햐! 소매치기 보다 손이 더 빠르네!
남해 …

10. 차 안(외부, 낮)

민수의 무릎 위로 떨어지는 돈 봉투

인걸 받아 둬.
민수 ?
인걸 앞으로 일주일에 두 번만 형님하고 바둑을 좀 둬 줘.
형님이 너 하고 바둑 한번 두고부터 갑자기 바둑에 미쳤다.
민수 안 두면요?
인걸 좆 나게 맞는 거지.
민수 바둑을 배우겠다는 겁니까?
인걸 배우기는 뭘 배우나? 그냥 심심하니까 형님이 한 수 하자는 거지.
한 판에 20만원씩 한 달 치야. 이세돌이도 그 돈 주면 배울 수 있을 걸!

차에서 내리는 민수.

인걸 (차 창문을 내리고) 연락이 갈 거야.
민수 (돈봉투를 되돌려주며) 두고 싶으면 기원에 오라 그러세요. 그냥 가르쳐 드릴
테니까. 그리고 이세돌 사범은 한 판에 백만 원 줘도 안둡니다.

신호등이 바뀌고 빠른 걸음으로 횡단보도를 건너가는 민수.

인걸 저 새끼가!

11. 사우나 휴게실(외부, 낮)

한쪽구석자리에서 용배가 내기바둑을 두고 있다.
그 옆자리에서 바둑을 두고 있는 두 사람.

그 중 한사람이 쥘부채를 쥔 채 대국을 하고 있다.
조금 떨어진 곳에서 광팔이 민수에게 설명을 한다.

광팔 용배하고 두는 저 새끼가 선수고 옆에서 두는 척하는 놈들이 전주하고 타짜
다 그 말이야. 잘 봐! (화면은 바둑두는 자리) 용배가 착점을 했지. 상대가 안 놓잖
아. 그리고 타짜가 자기바둑을 두는 척 하면서 부채를 부치지. 부채를 잘 봐!
하나 둘 셋 스톱
하나 둘 셋 넷 다섯 여섯 스톱
하나 둘 셋 넷 스톱
합치면 364잖아. 그러면 선수가 364자리에 착점하는 거야. 부채 저 놈은 내가 봐
도 기원 강 일급 수준이고.
민수 364자리가 어딘데?
광팔 (손으로 바둑판을 그리며) 바둑판 4등분해서 3코너에 가로 세로 번호대로 이
렇게 따라가면 정확하게 착점이 돼.
민수 (끄덕끄덕)
광팔 내가 아는 장소가 한군데 있거든 그쪽으로 데려가서 크게 한판 칠라고.
저 놈들 지금 호구 잡았다 생각하고 있단 말이야!
민수 많이 죽었어?
광팔 400개 현재.

12. 바둑도장 밀실(내부, 낮)

몰래카메라을 통해 모니터에 들어오는 바둑판.
모니터속에 착점하는 두 사람 (용배와 상대선수)
모니터속 용배, 착점 하다말고 담배를 물고 반상을 바라보면
민수, 무전기로 사인을 보낸다.

cut to

대국장

민수의 무전을 귀속에 장치된 특수 무선이어폰으로 받아 착점하는
용배.
용배의 귀. 클로즈 업.
옆에서 광팔과 바둑을 구경하고 있는 타짜,
타짜가 손에 쥐고 있는 쥘부채를 쫙 펴고 부치면서 자기편 선수에게
부채사인을
낸다. 사인을 받아 착점하는 선수.

광팔 여름도 아니고 겨울에 웬 부채질을 자꾸 그렇게 하시나?
타짜 난 여름보다 겨울이 더 더워 특이체질이지.
광팔 좆같은 체질이네.

cut to

밀실

모니터를 보며 무전을 계속 보내는 민수.

cut to

대국장

부채를 부지런히 부치는 타짜.
착점하는 선수.
착점하는 용배.
부채를 부치다 말고 용배를 흘깃 쳐다보며 고개를 갸웃하는 타짜.

cut to

밀실

광팔 (돈을 배분하며) 부채 그 호구새끼가 바둑은 좀 두데. 아슬아슬 하더라고 난 수상전에서 우리 돌이 다 죽는 줄 알았어.

민수 세 수나 늘어진 패를 시키는데로 안 두니까 그렇지.

광팔 뭐야! 시키는데로 안 뒀어?!

용배 내가 잠시 미쳤당께. 하우스 장. (얼굴을 내밀며) 나 한 대 만 때려부러.

광팔 왜 고발하게?

용배 미안허네, 박 사범.

광팔 다음부턴 실수 없도록 하고 잘 구슬려서 몇 판 더 때리자. 이래가지고는 설치비도 안 나오겠다.

이때 문을 발로차고 들이닥치는 타짜(부채)와 선수.

타짜 내 그럴줄 알았어! 세상에 3급두는 놈이 이세돌이가 봐도 깜짝 놀랄 수를 두는데 이상했어!

선수 씹할놈들이! 강남유부녀 몰카도 아니고 이게 뭐야!

광팔 야! 이 씹할놈들아! 너희들이 부채로 먼저 사기를 쳤잖아! 겨울이 더 덥다면서!

타짜 그래 이새꺄 난 겨울이 더 덥다!

광팔과 타짜, 용배와 선수가 서로 먹살을 잡고 나란히 흔들어 댄다.

광팔 야 용배야! 너거 고모부한테 전화해라 이 씹새끼들 다 잡아 처넣어 버리게!

타짜 너거 고모부가 뭐하는 놈인데?

용배 검찰에 있더라고 이 씨부럴놈들아!

타짜 씹할놈들! 고모부는 전부 검찰에 있네!

나가는 민수.

타짜 야 너 어디가! 너 바둑 몇 급이야!

13. 성인카지노(내부, 낮)

포카를 하고 있는 민수.
건너편 자리에서 건달1, 2,
머니가 올인되자 모니터를 주먹으로 친다.

건달1 씹할! 이거 순 사기아냐!

서빙하는 여 종업원이 말리자 반나체 차림의 여 종업원을 상대로 욕
설을 하며 난동을 부리는 건달 1, 2, 그러다가 민수와 눈이 마주친다.

건달1 뭘 봐 이 새끼야!

민수 못 들은 척 하고 다시 모니터로 시선을 돌리며 포카를 친다.
민수의 곁으로 다가오는 건달 1, 2,

건달1 너 몇 살이냐? 어린놈이 벌써부터 도박이나 하러 다니고
야! 너 돈 있으면 돈 좀 빌려주라.

민수, 외면하고 게임만 계속한다.

건달1 이 새끼가 귀에 뭐를 박아놨나! 형님이 이야기하는데 대답이 없네!

건달1, 민수의 머리를 손으로 툭 툭 때리며 모독을 준다.

마우스를 쥐고 있는 민수의 손이 부르르 떨린다.
갑자기 벌떡 일어나서 건달1의 면상에다 주먹을 날리는 민수.
정통으로 맞고 뒤로 발랑 나자빠지는 건달1.
건달1, 2,와 싸움이 벌어진다.
몇 차례 주먹이 오가는데 …
나타나는 상식과 부하들.

상식 이 새끼들이 남의 영업장에서-

상식과 부하들이 대번에 건달1, 2,를 작살낸다.
인걸을 앞세우고 뒤에서 걸어 들어오는 남해.
한쪽으로 등을 돌리고 비스듬히 쓰러져 있는 민수.

상식 (민수를 일으켜 세우며) 이 새끼는 뭐야!

바로 세워놓고 상식이 한 방 날리려는 순간 민수의 얼굴을 보고

상식 어!
남해 인걸!!

14. 상해 룸 나이트(내부, 밤)

술을 마시는 인걸과 상식.
카메라 중앙으로 줌 인 하면 룸 테이블 중앙에 바둑판이 있고
남해와 민수가 대국에 열중하고 있다.
착점하는 남해.
착점하는 민수.
2~3수가 오 간 뒤

착수하지 않고 주춤하는 민수.
바둑판을 바라본다.
민수의 잔에 술을 따르는 룸 걸.

인걸 고수도 여자가 옆에 있으니까 바둑이 좀 약해지네.

착점하는 민수.
이번에는 남해가 곤혹스러워 하며 반상을 내려다본다.
인걸, 룸 걸에게 눈짓을 한다. 룸 걸, 민수에게 몸을 밀착시킨다.
민수, 룸 걸을 밀쳐낸다.
남해, 착점하며 인걸의 얼굴에 거봉을 한 개 던진다
인걸의 이마에 정통으로 맞는 거봉.
터져서 이마에서 물이 흘러내린다. 룸 걸이 물수건으로 인걸의 이마
를 닦는다.
그 때 문이 열리고 조직원들이 들어온다.

조직원 형님! 기습입니다!

그와 동시에 남해와 민수를 제외한 모든 사람들이 쏜살같이 달려 나
간다.
착점하는 남해.
불안한 민수의 얼굴.
남해, 민수에게 두라는 제스처를 한다.
착점하는 민수.
착점하는 남해.
왁자지껄 싸우는 소리.
바둑보다도 밖이 자꾸 신경 쓰이는 민수.

남해 (태연하게 착점하며) 대마가 죽겠는데 …

여전히 밖을 신경쓰고 있는 민수. 손으로 돌통을 꽉 쥐고 있다.
문을 차고 쇠파이프를 쥐고 남해에게 달려오는 일수회 조직원1.
민수, 엉겁결에 돌통을 치켜드는데
그 뒤를 따라 들어오는 인걸. 뒤에서 조직원1의 대갈통을 배트로 내려
친다.

(시간경과)

동 룸 안

남해 (반상을 바라보며) 결국 전쟁인가!?
인걸 그런 거 같습니다. 형님.
남해 전쟁을 하면?
인걸 끝장을 봐야죠!
남해 불리한데 …
인걸 불리할 거 없어요. 쌍방 겁나는 승붑니다.
남해 임마! 지금 판세가 불리하잖아. 봐! 백 세력이 허옇게 둘러싸고 있잖아!
인걸 예??

민수가 착점을 하자

남해 여섯 점으로는 박 사범 자네에게 못 이기겠구만.

손에 가득 쥔 바둑돌을 통속으로 담는 남해. 돌을 가득 쥔 모습이 지
난번처럼 특이하다.
돌을 주워 담는 두 사람의 손 모양이 대비된다.

인걸 형님 나와 보시오. 이 친구를 내가 맞바둑으로 한 번 보내버리게요.
남해 술 마셔라 인걸아.

옆에 아무나하고 절망적으로 건배하는 인걸.

남해 여섯 점 놓으면 전부 내 집 같고 누구한테도 이길 것 같은데 두면 잘 안 돼.
민수 싸움도 잘하면 한 명이 여섯 명을 해치우잖아요.
남해 싸움은 목숨을 걸고 바둑은 목숨을 걸지 않는데 …
민수 바둑도 목숨을 겁니다.
남해 목숨을 걸어 … 자네 나에게 바둑 좀 가르쳐 줘.
민수 …
남해 내 바둑선생이 돼 줘. 난 살면서 한 번도 선생이 없었어.
민수 …

조직원이 들어와 여러 종류의 바둑책을 늘어놓는다.

인걸 야! 형님이 봐야 할 책 한권 골라 봐.

테이블위에 이세돌, 이창호, 조훈현, 사까다 등의 책이 널려져있다.

남해 이세돌이는 정말 바둑을 잘 두나?
민수 그렇습니다.
남해 자네하고 차이가 많이 나?
인걸 아이고 형님도! 세돌이는 프로 중에서도 (엄지손가락) 이거고 이 친구는 생
아마추언데 차이 좆 나게 납니다.
남해 …
민수 좆 나게 납니다.
인걸 (책을 뒤지며) 형님은 정석은 다 뗏을테고 이게 어떻습니까 "포석의 재발견"
이 책을 봐야 될 것 같은데

민수, 〈행마의 원리〉와 〈중급사활〉이란 책을 가려놓는다.

인걸 나는 뭐를 봐야 돼? 군대 3급인데 …

민수, 〈바둑의 첫 걸음〉 이란 책을 슬며시 인걸 앞으로 밀자
상식이 깔깔거리고 웃는다.

인걸 뭐야 이게! 이 새끼가 나를 완전히 초짜로 보네. 야! 너 오늘 나한테 죽었어!

인걸이 펄펄 뛰고 상식이 인걸을 말리고 …

15. 남해 사무실(내부, 낮)

인걸과 부하들이 사람들을(채무자) 끌고 들어온다.

남자 (인걸에게 매달려) 부장님, 일주일만 시간을 주시면 이번엔 틀림없이
갚겠습니다.
인걸 차라리 돈을 못 갚겠다고 했으면 봐주려고 했는데 넌 도저히 안되겠다.

인걸, 눈짓하자
부하들이 강제로 남자의 팔을 비틀어 서류에다가 지장을 찍는다.

인걸 신장 한 쪽 뜯어내도 두 집 내고 사는 데는 지장 없어.

인걸, 이번엔 눈을 휘 번뜩하며 여자들을 쳐다본다.
겁에 질려 있는 여자들.
상식이 대행사 사장을 데리고 들어온다.

cut to

남해 방
....

돌 통에 돌을 한 웅큼 손에 쥐는 남해, 그 중 한 개를 바둑판위에 놓
는다.
남해의 그런 모습을 유심히 바라보는 맞은편에 민수.
대행사 사장을 데리고 들어오는 상식. 남해 옆자리에 앉힌다.
남해의 옆자리에 앉아 연신 손수건으로 이마에 땀을 훔치는 사장.
남해가 말없이 바둑만 두자 사장이 바둑판을 바라본다.

남해 바둑을 좀 두십니까?

사장 예. 그냥 옛날에 군대에서

남해 우리 임 부장도 군대 3급이오.

사상 전 군대 6급 정도

남해 위기십결이 무슨 말인지 아시오?

사장 들어 본 거 같습니다.

남해 위기십결에 부득탐승이란 말이 있소. 욕심을 내면 사업이 망한다는 뜻이오.
바둑을 두는 사람이 그렇게 세상 돌아가는 걸 몰라서야 되겠습니까?

사장 전 대행을 맡아 시행사에서 시키는 대로만 했습니다.

남해 이 양반 말 하는 것 보니 대마를 다 죽이겠구만.

사장 예?

민수 사장님 대마가 다 죽었는데요.

남해 (어물어물) 내 대마가 죽어? 사는 수가 없나?

민수 살려 드릴까요?

남해 잡아놓고 왜 살려 줘?

민수, 대행사 사장과 눈이 마주친다.

민수 대마가 힘들어 보이네요.

남해 …

16. 역전기원(내부, 낮)

내기바둑에 정신이 팔린 김판수
옆에서 초등학생 철호(14세)가 판수와 눈을 맞추려고 애를 쓰고 있다.

용배 저 아이는 누구더라고?

송 원장 김판수 애라는데

용배 저 양반은 자식이 왔는데도 저러고 있구마이라~

송 원장 (보다못해) 야 판수야! 옆에 니하고 비슷하게 생긴 애가 있네.

김판수 (건성으로 돌아보고) 애들은 가라! 집에서 부모가 기다린다.

광팔 자식도 못 알아보네.

학을 떼고 걸어 나오는 철호.

용배 너거 아버지가 널 못 알아보더냐?

철호 못 알아보네요.

용배 아버지는 맞냐?

철호 우리 아버지 맞아요.

송 원장 잘못 본 거 아냐?

철호 내가 아버지 얼굴도 모르겠어요?

송 원장 근데 널 왜 못 알아보냐 임마!

철호 그걸 왜 나한테 물어봐요!

송 원장 이 새끼 뭐 이런 놈이 있어! 애비나 자식이나 …

기원문이 열리고 들어서는 민수.
민수가 밀고 들어 온 문에 철호의 머리가 부딪친다.

cut to

역전기원 골방

라면을 먹는 사람들.

철호 이 기원에서 형이 제일 고수라면서?

형이 우리 아빠보다 세?

송 원장 야! 동네바둑을 어디다 갖다 대냐?

민수 아빠가 바둑을 잘 두시나 봐?

철호 내기바둑만 한 40년 됐으니까 엄청 세지. 세돌이형보다도 셀걸!

광팔 세돌이형은 프로잖아, 임마!

철호 프로보다 내기바둑이 디 세요.

광팔 누가 그래?

철호 전에 옆집에 살던 분이 …

광팔 옆집에 누가 살았는데?

철호 나이가 좀 들어보이던 사람인데 지난봄에 풍을 맞았어요.

광팔 풍을 맞아? 어린놈이 별 소릴 다 하네.

이놈 이거 희한한 놈이네!

송 원장 너 세돌이 형은 잘 아냐?

철호 세돌이 형 우리 아버지한테 바둑을 배웠어요.

송 원장 (철호의 머리를 치며) 세돌이 형이 너거 아버지한테 바둑을 배웠다고

이 새끼가 말하는 거 보니 전부 거짓말이네!

나가는 민수.

철호 형! 잠깐만! 고수들끼리 바둑이나 한 수 하자고!

라면그릇을 팽개치고 뒤따라 나가는 철호.

17. 사설도박장(내부, 밤)

담배연기가 자욱한 가운데
민수의 한국기원 연구생 선배 마공(별명)이 본방꾼 사내와 내기바둑
을 두고 있다.
빽빽하게 돌이 놓인 바둑판.
그 바둑판을 둘러싸고 있는 노리꾼들.
바둑판주위에 노리꾼들이 양쪽 선수에게 배팅한 돈들이 무질서하게
흩어져 있다.
바둑은 공배만 남고 다 두었는데 본방꾼 사내가 계속 장고중이다.
한쪽에서 지켜보고 있는 민수.
마침내 공배가 메워지고 계가를 시작한다. 마공의 계산으론 자신의
반집 승이다.
그 순간 본방꾼이 방장에게 눈짓을 한다.
콜라 두 잔을 마공과 사내의 자리에 갖다놓는 방장. (콜라잔 크로즈 업)
사석이 들어 내지고 집이 메꾸어지면서 사각형의 집들이 만들어진다.
먼저 계가를 마감하는 마공.
본방꾼도 거의 마감인데 마감하다말고 콜라를 한잔 쭉 들이키는 본
방꾼.
(슬로우 모션) 본방꾼의 입속으로 들어가는 콜라잔속에 흑돌 한 개.
입으로 손을 닦으며 입 안의 흑돌 한 개를 교묘하게 사석하고 합치려
는 찰나
본방꾼의 손을 움켜잡는 마공,
마공이 본방꾼의 손을 비틀자 손에서 바둑돌 한 개가 나온다.

마공 반집이 하늘에서 떨어지나 땅에서 솟아나나 했더니 씹할! 콜라잔이네!

돌을 뺏어 빈 콜라잔에 떨어뜨리는 마공.
잔속에서 요동을 치다가 잠잠해지는 흑 돌.

18. 술집(내부. 밤)

마공 공배만 남았는데 아무리 세 봐도 내가 반집을 이겼어. 콜라잔을 드는데 손
이 미세하게 떨리더라고 순간적으로 이상하다 싶어 바로 낚아챘지.

민수 제법이다. 형

마공 나도 이 바닥에서 그 정도 짬밥은 된다.

민수 입단대회는 이제 안 나와?

마공 입단 포기했다.

민수 포기했어?

마공 포기해야지. 입단하기도 어렵지만 설령 운이 좋아 입단하면 뭐 하냐 이 나이에

민수 그린가

마공 너도 입단 같은 거 이제 생각하지마라

민수 생각 안 해. 근데 형 이태삼이란 사람 알아?

마공 알아. 왜?

민수 한번 둬 봤어?

마공 오래전에.

민수 나하고 두면 어떻게 돼?

마공 그 양반 왕년엔 내기바둑으로 한 소식 했지 …
힘이 장사지만 끝내기까지 가면 너가 이길거야!

전단지를 들고 영업을 하는 반나체차림의 아가씨.

마공 (아가씨의 히프를 치며) 야! 나중에 한번 봐!

여자 오빠! 콜!

민수 …

마공 민수야, 나 미리 약속한 대국이 있어 올라가봐야 된다. 미안하다 (일어난다)
이거는 차비하고

탁자위에 지폐 몇 장을 놓고 나가는 마공.

입구에서 돌아보며 잘 가라는 손짓을 하는 마공.
마공의 눈이 낯설고 슬프다.

19. 역전기원(내부, 낮)

에펙트로 이태삼의 거친 호흡.
민수의 예리한 착점.
민수와 방랑기객 이태삼이 진검승부를 결하고 있다.
바둑은 이미 중반을 넘어서고 있다.
바둑판을 바라보는 이태삼의 몰골이 앙상하고 모습은 거의 폐인에
가깝다.
이태삼의 거친 호흡이 점차 고조된다. 흡사 숨이 멎을 것 같다.
그러나 바둑을 두드리는 품세는 섬뜩하다.
관전삼매에 빠져있는 광팔과 송 원장. 철호. 이하
민수가 한 수 놓자
죽은 듯이 바둑판을 내려다보고 있는 이태삼.
민수, 주위를 돌아보는데
구경꾼들 사이에 남해가 서서 보고있다.
민수와 시선이 마주치는 남해.

(시간경과)

종반전이 된 바둑판

고개를 절레절레 흔드는 방랑기객 이태삼. 반상을 내려다보며 씁쓸하
게 웃는다.
민수, 문득 시선을 돌리면 남해가 보이질 않는다.
문 입구.

부하 한 명을 데리고 나가는 남해의 뒷모습.

20. 기원 앞 길(내부, 낮)

떠나는 이태삼.

민수 (뒤따라가며) 죄송합니다. 사범님.
이태삼 죄송하긴 … 물이 아래로 흐르는 것은 당연한 것이지! 나이가 들면 그래.
덜컥 수도 많이 나오고. 입단대회는 나가?
민수 …
이태삼 입단에 너무 연연하지마라. 평생 떠돌아다니다 죽은 이춘섭이나 입단해
서 프로기사 하다가 죽은 임창식 사범이나 죽으니까 다 똑같더라. 입단 못하면 못
하는 데로 그냥 살아. 그러고 보니 나도 한 30년 떠돌아 다녔네.

민수의 어깨를 툭툭 치고 다시 떠나는 이태삼.

21. 바둑연구실(내부, 밤)

음악이 흐르는 가운데 혼자 바둑을 놓고 있는 희연.
들어오는 민수.
희연, 민수를 의식 못하고 계속 돌을 놓는다.
…
바둑판위에 돌을 놓는 희연의 모습이 한 폭의 동양화 같다.
민수를 발견하고 반색하며 리모컨으로 음악소리를 줄이는 희연.

민수 무슨 바둑이길래 그렇게 열심이야?
희연 여류국수전 예선.

민수 진 바둑이구나

희연 어떻게 알았어?

민수 누나 옛날부터 이긴 바둑은 복기를 잘 안하잖아.

희연 (판위에 돌을 떼 내 다시 놓으며) 석 점을 잡았는데 아닌가봐?

민수 잡지 말고 그냥 한 칸 뛰지.

희연 (착점하며) 정 사범도 그러더라. 한 칸 뛰는 게 무난했다고.

민수 정 사범하고 결혼 한다면서?

희연 소식이 빠르네.

민수 여류기사 이희연3단 결혼한다고, 사이버오로에 대문짝만하게 났더라.

민수의 핸드폰으로 문자가 들어온다. 핸드폰 액정. '상해로 와라 형님
기다린다'

민수 누나!

희연 응.

민수 누가 오라는데.

희연 누가?

민수 깡패두목.

희연 ?

22. 상해 나이트 앞(외부, 저녁)

들어가는 민수.

23. 상해 나이트 내실(내부, 저녁)

인걸의 맞은편에 앉는 민수. 탁자위에 바둑판.

256

인걸 형님이 기다리다가 갑자기 일이 생겨 나갔는데 12시전에는 오실거야.
막간을 이용해서 나랑 한 판 붙자고. 사실 말이 나오니 하는 소린데,
형님바둑이 그게 바둑이야! 동네바둑도 한참 동네바둑이지!
민수 사장님한테 그렇게 전합니다. 동네바둑이라고.
인걸 야! 임마! 내가 농으로 한마디 한 거 같고 그렇게 말하면 되냐?! 자, 한 판 하
자고.

바둑을 시작하려는데 문이 확 열리고 상식이 들어온다.

상식 형님. 준비됐습니다.
인걸 어! (일어나며) 가자. 야! 너도 따라가자. 재미있는 거 구경시켜줄게.
갔다 오면 남해형님 와 계실거야!
민수 어딜 가는데요?
인걸 가보면 알아.

상식을 앞세우고
인걸이 민수를 데리고 나간다. 엉겁결에 같이 따라 나가는 민수.

24. 렌트카 현장사무실(내부, 밤)

중절모자를 쓴 중년사내가 서류를 뒤적이고 있다.
쾅 하고 문이 열리며 들이닥치는 인걸. 상식. 민수.

중절모자 간 떨어지겠네. 누구라고.
인걸 돈은 준비했고?
중절모자 돈이 없어.
인걸 없어?
중절모자 응. 없어.

인걸 너 바둑 둘 줄 아냐?

중절모자 소시적엔 한 수 했지.

인걸 그럼 축도 알겠네?

중절모자 축? 그거 걸리면 좆 같이 되는 거 아냐?

인걸 잘 아네, 이 씹할놈아

대번에 중절모자의 멱살을 움켜쥐고 바닥에 패대기를 치려는데
문 입구에서 들어서는 덩치들.
인걸과 상식, 그리고 민수를 포위한다.
서로 대치하는 사람들.
덩치1이 인걸 앞으로 솟아오르는데 사내를 한 방에 잠재우는 인걸.
상식 앞으로 다가오는 덩치2를 상식도 한 방에 보낸다.
민수 앞으로 다가오는 덩치3.
당황하는 민수.
인걸, 민수에게 눈짓을 한다.
주먹을 휘두르는 사내3
민수, 동시에 덩치의 앞면으로 주먹을 날리면 얼굴을 움켜쥐고 뒤로
쓰러지는 덩치3.
상식, 품속에서 사시미칼을 빼들고 덩치들을 위협하며 문 입구 쪽으
로 활로를 확보한다.
인걸, 덩치들을 노려보며 밖으로 나간다.
민수, 인걸의 뒤를 따라 나간다.

25. 상해나이트 내실(내부, 밤)

손에 붕대를 감고 서 있는 민수.
민수 앞으로 다가가는 남해.

인걸 형님 이 친구가 바둑만 고수가 아니라 주먹도 한 방 있습디다.
(몸짓) 이런 놈을 한 방에 보내던데요.
야! 너 바둑 그만두고 내 밑에서 일해라 그럼 연봉 8천이다.

남해 …

바둑판 앞으로 마주앉는 두 사람.
자연스레 대국이 시작된다.

남해 싸울 만 해?
민수 재미있던데요.
남해 바둑보다?
민수 바둑보다 더 스릴이 있는 것 같아요.
남해 스릴이 있다고?
민수 사장님도 스릴이 있으니까 이 생활하시는 거 아닙니까
저 정말 건달 한번 해 볼까요?
남해 (돌을 놓다말고) 건달이 좋아 보여?
민수 그냥 뭐 아무거나 하는 거죠
남해 그냥 아무거나 하면 안 되지.
인걸 아니 형님! 우리는 아무거나 닥치는데로 막 살았잖아요!
민수 아무거나 안 하면 뭐 해요?
남해 더 살아 봐야지.
인걸 더 살거도 없다. 건달세계는 빠르면 빠를수록 좋아. 나도 18살에 데뷔했다.
형님은 데뷔년도가?

상식이 학원원장 사내를 끌고 들어온다.

상식 이 새끼가! 돈 쓰고 배째라 식인데 (사시미 칼을 끄집어 내며) 사장님! 포를 뜨
버릴까요?

남해 앞에서 얼굴이 새파랗게 질리는 학원원장.

인걸 아줌마들이 애들 대학 보내려고 돈을 미친듯이 학원에 갖다 주잖아
그 돈 받아서 다 뭐했어? 너 요즘도 정선에 도박하러 다니지? (손으로 원장의 뺨을
서 너 차례 치며) 갚아야 될 돈은 안 갚고 도박 할 돈은 있나?
(원장의 뺨에 물을 바르며) 나라가 망해도 대학은 안 망하니까 입시학원은 안전빵
이다. 그거지. 야 이 씹할놈아! 내가 너 같은 놈들을 보면 여순감옥에서 돌아가신
안중근 의사 생각이 난다.

인걸을 쳐다보는 남해.

인걸 왜 쳐다봐요?
남해 아니 그냥 … 근데 물은 왜 바르냐?
인걸 때리는데 소리가 약해서요. (인걸이 원장의 뺨을 때리자 "철썩" 하고 소리가 크
게 난다.)
오! 이제 소리가 제대로 나네!
남해 소리가 나도 (칼을 민수앞에 놓으며) 이놈은 말로 안 되는 놈이니까 니가 정
리해라.

민수, 남해를 쳐다본다.
탁자위에 올려진 원장의 다리. 상식이 원장을 꽉 누르고 있다.

남해 (사시미 칼로 원장의 바지 밑단을 걷어 올리며)
해 봐라. 아무거나 하겠다니까 이런 정도는 할 수 있어야지.
발목인대는 발목 위 4센치다.

민수에게 칼을 건네는 남해.
발버둥 치는 원장.
칼을 받지 못하는 민수.

몸부림치다가 탁자 옆으로 주저앉는 원장. 일어나서 달아나려는데
원장의 머리통을 잡고 탁자위로 내리치는 남해. 머리가 탁자에 부딪
치면서 정신을 잃고 쓰러지는 원장.

(시간경과)

남해와 민수 두 사람이 앉아있다. 탁자위에 칼.
돌 통 속에 바둑돌을 한 개 끄집어내는 남해.

남해 이건 돌이고 이건 칼인데 넌 원래 이걸(돌) 가지고 놀았잖아.
앞으로도 한 가지만 가시고 놀아.

바둑돌을 탁자 위에 두들겨 민수 앞으로 밀어버리는 남해.
민수 앞에 정확히 서는 바둑돌.

민수 …

26. bar(내부, 밤)

바 사장이 엘피판을 한 장 빼내어 턴테이블로 간다.
남해, 민수의 잔에 포도주를 따른다.

남해 이 집이 내 20년 단골이다. 함부로 누굴 데려오지 않는데 넌 특별케이스다.
민수 왜요?
남해 사부님이니까.
민수 황송한데요.

실내에 엘피판이 수천 장 나열이 되어 있다.

남해 너희들은 이런 술집 싫어하지?

민수 전 좋아합니다.

남해 넌 어떨 때 제법 어른스럽다. 바둑이 고수가 되면 다 그러냐?

민수 전에 바둑도장에 다닐 때 정말 어른같이 행동하는 친구가 있었어요.

남해 노래 한번 들어볼래?

민수 ?

빽판을 만지고 있는 사장에게 손을 드는 남해.

노래가 나온다. 〈최양숙〉

남해와 민수의 다양한 앵글.

…

노래에 젖어있는 남해를 슬쩍 쳐다보는 민수.

…

27. 골프 연습장(내부, 낮)

스윙을 하는 남해.

남해가 친 공이 멀리 날아가고, 옆에서 종태가 박수를 친다.

28, 골프장 휴게실(내부. 낮)

종태 형님. 사설카지노는 지금 단속이 심해 사업자체가 지탱하기도 어려운데

구역문제로 자꾸 부딪치면 형님이나 나나 좋을 게 없지 않습니까?!

업주들도 그걸 원하지 않을테고 …

인걸이 저 친구 사사건건 제가 하는 일에 문제를 삼고 본동에서 요즘도 우리 애들

하고 걸핏하면 전쟁입니다.

남해 …

종태 쉬운 길 두고 어렵게 가지 맙시다. 형님이 인걸이 잘 타일러서 손 떼게 하십
시오.
나이트 관리해 주고 나오는 돈으로 애들 밥 먹이고 폼 나는 옷 사 입히고 그러면
되지 않습니까?
남해 종태.
종태 말씀하십시오.
남해 노사차(노사초)란 사람이 있다.
종태 노사차? 뭐하는 놈인데요?
남해 놈이 아니고 바둑으로 일세를 풍미한 사람이지. 그 분이 바둑을 두다가 상
대의 대마를 모조리 잡았는데 하늘의 이치가 다 잡는 법은 없다하여 잡은 대마를
살려줬나하더만.
종태 그래서요?
남해 그런 사람이 있었다는 거야.
종태 형님은 요즘 도 닦는 사람 같소. 저 그만 가 볼랍니다.

종태, 남해에게 허리굽혀 인사를 하고 나간다. 뒤따르는 천수와 부하들.

인걸 종태, 너 형님한테 잘 해라.
종태 너나 잘 해라.

서로 노려보는 두 사람.
종태, 나가자 천수와 부하들이 따라 나간다,

남해 (일어서며) 우리도 가자.

나가는 남해.

인걸 (뒤따라나가며) 근데 형님 노사차는 가수이름 아닙니까?

29. 노름방 대기실(내부, 밤)

대기실에서 또래의 아줌마들과 잡담을 나누고 있는 경자(민수모).
들어서는 민수.

경자 (사투리) 니 웬일이고?
민수 왜 나와 있어? 올인 당했어?
경자 뭐 그냥 … 돈 가진 거 있나?
민수 안 되는 날은 그만하는 게 좋아.
경자 끗발이 날 가리나! 있으면 좀 도-
민수 얼마 없는데.
경자 있는 대로 도.

민수, 지갑 속에 지폐를 건넨다.

경자 니가 요즘 엄마보다 수입이 더 좋네. 나중에 배로 갚으께

돈을 받아 들고 씩씩하게 룸으로 들어가는 경자.
들어가다 말고

경자 고박 쓸 확률이 반이면 고를 해야 되나?
민수 해야지.
경자 그러다 바가지 쓰면?
민수 바가지 쓰지 뭐.
경자 니가 승부사는 승부사네.

다시 들어가는 경자.

30. 일식 퓨전(내부, 밤)

희연의 맞은편 자리에 앉는 민수.

희연 백화점 갔다가 우연히 우진이 엄마 봤다.
민수 우진이 …
희연 도장에 다닐 때 너하고 우진이 하고 우리 세 명이 장난 많이 쳤지.
민수 알까기 하다가 사범님한테 혼났지.
희연 난 아직도 바둑두다말고 옆 자리를 보면 우진이가 내 옆에서 바둑두고 있는 것 같아.
걔- 놀을 이렇게 징난스럽게 잘 놓잖아. (돌 놓는 손 모양)
민수 이렇게.
희연 똑 같네.

민수. 계속해서 바둑돌을 테이블위에 탁 탁 놓아본다.

희연 입단은 이제 완전 포기야?
민수 내 실력으로 입단이 되겠어?
희연 너 나이에 입단한 기사들도 있잖아.
민수 지금 나 위로하는거야?
희연 나 지금도 너한테 두 점에 자신없다. 너 한땐 도장에서도 최고였잖아.
민수 나 이렇게 살다가 입단도 못하고 우진이처럼 자살이라도 할까봐, 혹시 그게 걱정돼?
희연 그만두자. 내가 괜히 쓸데없는 말을 했나봐!
민수 누나 결혼이 다음 주네.

31. 희연의 아파트단지 내(외부, 밤)

민수와 희연, 걸어간다.
입구에서 발길이 멎는 두 사람.
민수, 다가가서 희연을 끌어안는다.

민수 잘 살아.

돌아서서 가는 민수.
희연의 눈에 눈물이
…

32. 어느 기원(내부, 밤)

술에 취한 상태로 바둑을 두는 민수.
착점하는 민수의 손이 흐느적흐느적 한다.

33. 상해 나이트(내부, 밤)

룸 걸이 담배를 피우며 잠들어 있는 민수를 쳐다보고 있다.
테이블위에 머리를 박고 잠들어 있는 민수.
입구 문이 열리고 나타나는 남해.

34. 남해의 아파트(내부, 낮)

침대위에서 자고 있는 민수.

몸을 뒤척이다가 눈을 비비며 일어난다.
누구의 집인지 몰라 어리둥절하다.
방에서 나와 주방으로 들어가면
식탁위에 컵라면과 김치, 나무젓가락.
주방에서 거실을 보면 거실 가운데 자리에 가지런히 놓인 바둑판위
에 돌.
민수, 바둑판쪽으로 가 보면
…
20여수 가량 두어져 있는 바둑판.
주위에 〈사석활용〉〈포석의 발견〉〈접바둑 두는 법〉〈한국바둑위기사〉
등의 책들.
…
백돌을 집어 한 수를 놓는 민수.

35. 역전기원(내부, 낮)

민수가 낸 사활 문제를 풀고 있는 송 원장.
한 수를 놓는 송 원장. 받아주는 민수.
다음 수를 못 놓고 주춤주춤하는 송 원장.

철호 원장님. 이런 기본사활도 못 풀면 어떡해요
송 원장 넌 이 사활을 풀 수 있어?
철호 전 발가락으로 풀어요.
송 원장 풀어 봐.
철호 발가락으로요?
송 원장 그냥 풀어 새꺄!!
철호 (돌을 놓으며) 양쪽으로 젖히고 치중하면 죽었잖아요! 맞았지 형?

철호의 말에 수긍하는 민수. 심술이 나는 송 원장.

송 원장 철호야! 너거 아버지 소식은 들었지?
철호 무슨 소식요?
송 원장 대봉이가 그러는데 너거 아버지 지방 원정 가서 돈 다 잃고 거지새끼가
됐단다.
철호 거지새끼가 됐다구요!
송 원장 이 새끼가 놀라기는.

좀 떨어진 곳에서 핸드폰을 만지작거리던 광팔.

광팔 (다가오며) 원정 가서 거지되면 갈데라곤 바다밖에 없는데.
철호 바다는 왜 가요?
광팔 그냥 바다로 가는거야. 한 발 한 발 바다를 향해서

철호 옆으로 앉는 광팔.

철호 (불안한 얼굴) 왜요? 혹시 회라도 한 접시 먹을려구 …
광팔 거지새끼가 됐는데 회는 무슨 회 임마! 그냥 바다를 향해 한 발 한 발. 그러고
세월이 흐르면 …
철호 세월이 흐르면?
광팔 기다리던 아이는 애비없는 호로새끼가 되는 거지.
철호 호로새끼! 형, 호로새끼가 뭐야?
민수 원장님한테 물어봐.
송 원장 원래는 호로새끼가 아니고 개 호로새낀데 개자가 한자 빠졌어.
철호 (갑자기 송 원장의 몸통을 꽉 잡으며) 개자가 빠졌어요!?
송 원장 야이고! 깜짝이야! 뭐 이런 미친놈이 있어!

36. 아파트 지하 주차장(외부, 밤)

남해가 차를 직접 몰고 주차장으로 들어온다.
남해의 차창 밖으로 전단지를 든 철가방사내와 아파트경비원.
남해 차가 지나가자 인사를 하는 경비.
차를 주차시키고 내리는 남해.
반대편에서 걸어오는 철가방. 오토바이가 세워져있는 쪽으로 핸드폰
을 하며 간다.
서로 지나쳐 가는 두 사람.
남해 가다말고 이상한 낌새에 뒤돌아보면.
어느새 남해의 뒤로 와서 서 있는 철가방.
남해가 놀라는 순간
바로 남해의 옆구리를 향해 들어오는 칼.
동물적으로 돌아서며 칼을 마주 받는 남해.
…
칼이 남해의 옆구리 사이에 들어가 있다.
카메라가 근접하면 칼이 아슬아슬하게 비켜나가 있다.
옆구리 사이에 낀 철가방의 팔을 꺾는 남해.
꺾인 팔을 빼내려 하는 철가방.
서로 마주보고 힘을 주는 남해와 철가방.
그 자세에서 무릎으로 철가방의 앞면을 올려치는 남해.
한 차례 두 차례 가격을 하자 철가방의 앞면이 허물어진다.
철가방의 손에 들린 칼이 바닥에 떨어지고 철가방이 주저앉자
구둣발로 철가방의 머리를 가격하고 목을 밟아 꽉 누르는 남해.
남해의 발밑에서 할딱거리는 철가방.

37. 남해의 아파트(내부, 밤)

문이 열리고 들어서는 남해.
현관 센서등이 켜지면 양복이 찢어지고 와이셔츠에 피가 묻어 있다.
거실을 둘러보는 남해.
바둑판.
민수가 놓고 간 수.
민수가 착점한 돌을 들었다가 다시 그 자리에 놓는 남해.

38. 종태 아지트(내부, 낮)

남해를 공격한 일수회 조직원들이 진을 치고 있다.
갑자기 밖에서 두들겨 부수는 소리와 비명소리들.
놀라는 천수! 조직원들 밖으로 출동시키려는데
문이 확 열리고 들어서는 인걸 이하 행동대원들.
천수, 벌떡 일어나 마주보고 선다.
천수의 행동대원 중 한 명이 섣불리 인걸을 향해 공격을 하다가 상식
의 쇠파이프에 머리를 가격당해 바닥에 쓰러진다.
분위기를 진정시키는 천수.

인걸 지난번에 형님 다칠 뻔 했다. 오늘은 경고만 하고 간다. 천수야, 종태에게 꼭
전해라. 형님한테 무슨 일 생기면 (상식에게 맞고 뻗은 행동대원이 비실거리며 일어
나자 다시 쇠파이프로 내리치는 인걸) 그때는 수습 불능이다. 다 죽는다.
천수 …
인걸 가자.

돌아가는 인걸 이하.

39. 역전기원 하우스(내부, 낮)

만 원권 지폐를 빠른 속도로 세는 손.
박카스를 자리마다 돌리는 광팔.

후배 (센 돈을 집어넣으며) 돈이 죽지 사람이 죽나!
용배 돈 죽으면 사람도 죽어부러. (손에서 카드 오픈하며) 식스가 맞았네요!

카드를 던져 버리는 후배.
삐약! 삐약! 하고 탁상시계가 정각을 가리킨다.

광팔 자. 타임한번 있고

민수를 비롯해 선수들이 타임비를 만원씩 테이블 중앙으로 내 놓는데
후배가 돈을 내버리듯이 기분 나쁘게 던진다.

광팔 야! 너 타임비 주는 태도가 그게 뭐야!
후배 왜 그래요 내 태도가 어때서
광팔 자세가 이상하잖아!
후배 자세가 이상하다니!
광팔 야 이 씹할놈아! 돈 주는 자세가 잘못됐잖아!
후배 씹할! 돈 주는 자세가 그렇지. 여기가 무슨 뭐 국립묘지야!
광팔 이게 (돈 주는 흉내) 거지동냥이지 타임비냐! (피우던 담배를 혀로 끄며) 너 일어나!
후배 그만 해 형 쪽 팔리게
광팔 일어나! 이 씹할놈아! 이 개씹할놈들이 돈 만원 주면서 별 좆같은 폼 다 잡네! 야 너 빨리 안 일어나!
후배 형 진짜 이럴거야! 씹할 좆 같이!

일어나는 후배. 어깨가 딱 벌어져 몸이 장난이 아니다.
후배의 멱살을 잡아 끌어내는 광팔.
후배도 광팔의 허리를 잡아챈다.
후배의 완력에 휘청하는 광팔.
그 자세로
후배의 얼굴에 가까이 접근하는 광팔.

광팔 (주위를 몸으로 가리며 목소리를 낮춰) 야 가와 한번 세워주라

씩 웃는 후배.
그때 들어서는 상춘.

광팔 !!

(시간경과)

기보를 광팔에게 건네는 상춘.
민수, 들어서고 내기바둑꾼 상춘, 나간다.
민수에게 상춘이 준 기보를 건네는 광팔.
민수, 기보를 펴 보면 검은색과 빨간색으로 표기 된 한판의 대국.

광팔 박 사범, 니가 상춘이 형을 두 점 접으면 어떻게 되나?
민수 내가 지겠지.
광팔 상춘이형 전주 천사장이 돈을 왕창 질러버리겠지?
민수 (끄덕끄덕)
광팔 그 기보 상춘이 형이 만들어 왔더라. 니가 상춘이 형을 두 점 접고 두는 바둑
인데 그 기보대로 두면 니가 한 집을 이겨. 우리는 배당만 받으면 돼.
천 사장 그 씹새끼 상춘이 형 바둑이 예전 같지 않다고 얼마나 괄세를 하나?
씹할! 나이 들면 앞도 안 보이는데 바둑수가 보이냐?!

272

상춘이 형 그거 한 방 해 가지고 고향으로 내려간데.
민수 …

40. 사설 도박장(내부, 낮)

바둑판 앞에서 불리한 바둑을 뒤집기 위해 일부러 머리를 싸매고 고통스러워하며 수읽기를 하는 상춘.
묵묵히 상춘의 맞은편에 앉아 바둑판을 내려다보고 있는 민수.
판 옆에 수표.

광팔(V.O) 어제 준 기보를 암기 해 놓았다가 그대로 두면 돼.

상춘의 전주 천 사장이 파이프 담배를 뻑뻑 빨아 대면서 인상을 짓는다.
2~3수가 오간 뒤
천 사장이 눈치 채지 못 하게 시침을 딱 떼고 온 얼굴을 찡그리면서 이번엔 머리를 쥐어뜯는 상춘. 상춘의 손에서 머리카락이 몇 올 뽑혀 나온다.
광팔, 민수의 옆자리에서 머리를 짤랑짤랑 흔들며 혼자 집을 헤아려 본다.
천 사장, 광팔의 머리를 뒤에서 꽉 잡는다.
고개를 숙인 채 바둑판위로 착점하는 내기바둑 30년 경력의 상춘.

(시간경과)

바둑판위에 계가가 완료된다.

광팔 햐! 한 집이네!

고개를 떨구는 척 하는 상춘.
수표를 챙기는 광팔.
화가 나서 바둑판을 확 쓸어버리는 천 사장.
바닥에 쏟아지는 바둑돌.

41. 폐 차 안(내부, 낮)

민수에게 봉투를 주는 광팔.

광팔 (상춘에게 봉투를 건네며) 야! 형 연기 완전 예술이더만!
옛날에 남기남 감독 영화에 출연했다는 거 진짠가 보네!
천 사장 그 새끼 꿈도 못 꾸더라고.

민수, 받은 봉투를 상춘이 앞에 놓고 차 문을 열고 나간다.

광팔 ?

민수를 뒤따라 나가는 광팔.
나가다말고 주머니속의 자신의 봉투를 민수의 봉투위에 던지고 나간다.

42. 지하 공터 길(내부, 낮)

광팔, 민수 뒤를 따라간다.
광팔, 따라가다 민수를 잡아 세운다.
민수와 광팔의 앞으로 나타나는 사내들.
상황을 파악하고 몸을 돌려 뒤로 도망가는 민수와 광팔.
도망가는 길쪽으로도 사내들이 나타나서 두 사람을 가로막고 선다.

꼼짝없이 포위되는 민수와 광팔.
각목을 움켜진 채 접근하는 사내들.
벽을 등지는 민수와 광팔.
사내들이 다가오자 갑자기 광팔이 물고 있던 담배불을 혀로 끄며 자세를 잡는다.

건달1 너 그것 때문에 오늘 더 맞았다. 이 새끼가 30년전에 하던 짓을 아직도 하네!

날아오는 각목.
각목을 피하며 동시에 올라가는 민수의 발. 발에 맞고 쓰러지는 사내.
여기저기서 날아오는 각목.
이리저리 피하면서 맞받아치는 민수와 광팔.
…
각목에 머리를 맞는 광팔. 이마가 터지며 쓰러진다.
민수에게 집중되는 공격. 온몸을 두들겨 맞는 민수. … 광팔의 옆으로 쓰러진다.
조금 떨어진 곳에서
천 사장과 이야기를 나누며 태연하게 구경하고 있는 영길.
영길의 시선으로 쓰러진 민수와 광팔이 계속해서 구타를 당한다.

43. 창고 골방(영길의 본부)(실내, 밤)

피투성이가 된 채 기둥에 묶여있는 민수와 광팔.

cut to

창고 안으로 들어서는 인걸.

cut to

창고 안 사무실

들어서는 인걸.

영길 여! 신수가 훤하네!
인걸 무슨 일이야?

한쪽으로 쌓여져있는 상자들.
영길, 손짓하자 그 중 한 상자를 탁자위에 올려놓는 영길의 부하1.
상자를 열자 모르핀 주사액이 나온다.

영길 (주사액을 한 개 들고) 이거 한 방이면 천국이 따로 없다.
인걸 어디서 가져왔어?
영길 배로.
인걸 물건이 좋네!
영길 좀 팔아 줘.
인걸 우리형님 다른 건 몰라도 그건 안 해.
영길 돈 되는 거 안 하면 뭐 하고 사나?
인걸 철학이 있는 분이잖아.

옆방에서 쿵. 쿵 거리는 소리.
영길, 눈짓하면 옆방으로 가는 부하들.

인걸 요즘도 사람 장사하는가 보네.

영길 주사액을 상자에 주섬주섬 담는다.

영길 꾼들인데 나하고 친한 형님에게 들이댔어. (상자를 들고 일어서며) 손 좀 봐주
고 끝내려했는데 새끼들이 까불어서 다시 사람장사 한번 해 볼까 생각중이야.
… 어린놈은 바둑도 고수라던데-

인걸 바둑?

44. 창고 골방(내부, 낮)

묶여있는 민수와 광팔. 몸이 축 늘어져 있다.
입구에서부터 문이 열리고
들어서는 사람들.
영길과 부하들 … 인걸, 상식, 조직원들 … 남해.
남해, 영길의 안내로 민수가 묶여있는 곳으로 간다.
고개가 꺾인 채 광팔과 양쪽으로 묶여 있는 민수.
묶여있는 줄을 재빨리 푸는 영길의 부하.
민수를 직접 일으켜 세우는 남해.
상처투성이의 민수, 눈을 뜨고 남해를 바라본다.
…
민수를 부축해서 데리고 나가는 남해.

45. 남해의 아파트(내부, 낮)

상처가 여기저기 있는 민수의 얼굴.
혼자 바둑을 놓고 있는 남해.

남해 입단대회는 포기했냐? 한 달 밖에 안 남았던데.
민수 어떻게 아셨어요?
남해 아는 수가 있지.

주위에 한국기원에서 발간된 월간바둑과 여러 책들.

남해 난 어떡하면 1급이 되겠냐?

자기돌 통속에 돌을 다시 한웅큼 움켜쥐는 남해.

민수 어려울텐데요.
남해 방법이 없냐?
민수 방법이 있긴 있습니다.
남해 방법이 있다고?
민수 직업을 바꾸세요. 하시는 일 정리하고 기원에서 한 2년만 살면 1급이 되요.
남해 나더러 깡패생활 청산하라고?
민수 …
남해 입단대회 때까지 여기서 공부해라―
민수 진짜 고수가 아니면 입단하기 어려워요.
남해 너도 고수야!

아파트 키를 건네는 남해.

민수 근데 사장님 왜 바둑 둘 때 돌을 손에 가득 쥐고 두세요?
남해 왜 이상해?
민수 그냥 궁금해서요.
남해 (빙그레 웃으며 손안에 돌을 두 손으로 꽉 쥔다.)
돌을 많이 쥐고 있으면 손 안이 꽉 차는 게 마음이 편안해져.

바닥에 아파트 키를 민수 쪽으로 밀어놓는 남해.
망설이는 민수.

남해 (돌을 놓다말고) 생강나무라고 있는데 그게 멍든 데는 최고다.

민수 (키를 집으며) 생강나무요!?

46. 남해 아파트(내부 낮, 밤)

-1. 방에서 공부하는 민수.

-2. 앞치마를 두르고 식탁위에 상을 차리는 남해.

-3, 식사를 하는 두 사람.

-4. 사이버오로에서 온라인 바둑을 두고 있는 남해.
　　불리한 바둑을 민수가 몇 수를 짚어주자 대번에 역전한다.
　　대화창에 "흐미! 갑자기 너무 잘 두네! 옆에 이세돌이가 있나" 하
　　고 글이 올라온다.
　　웃는 두 사람.

-5. 바둑판위에 기보를 복기하며 공부에 열중인 민수.

-6. 바둑판 앞에서 쓰러져 잠들어 있는 민수.
　　이불을 덮어주는 남해.

47. 아파트 거실(내부, 밤)

외출에서 돌아온 남해, 거실로 들어서며

남해 (시디를 주며) 한국기원 연구생들이 최근에 둔 기보다.
민수 어디서 찾았어요?

남해 인걸이가 그 시디 구한다고 고생 많이 했다.

서봉수 명인에게 물어봤는데 입단하려면 최하 500국은 놔 봐야 된다 그러데-

안방으로 들어가는 남해.

민수 서봉수 사범님을 아세요?
남해 바둑팬 중에 봉수를 모르는 사람도 있냐?

48. 호수공원(외부, 낮)

운동복차림으로 뛰어가는 남해와 민수.
천천히 뛰기도 하고 갑자기 빨리 뛰기도 하고 두 사람이 서로 경쟁을
한다.
공원농구장에서 혼자 슛을 하고 있는 청년.

남해 혼자 농구를 하네. 넌 농구를 할 줄 아냐?
민수 잘 못해요.
남해 할 줄 아는 게 바둑밖에 없구나!
민수 또 있는데.
남해 사기바둑. 그것도 서로 짜고 두는 거.
민수 그건 광팔이 형이 자꾸 도와달라고 해서.
남해 그런 짓 하지마라.
민수 사장님이 저 보고 그런 짓 하지 마라니까 뭔가 이상한데요.
남해 !!

뛰어가는 민수. 뒤쫓아 가는 남해.
프레임 안에서 남해와 민수가 차례로 한명씩 사라진다.

49. 공원 후미진 곳(외부, 낮)

전방에 고삐리들이 모여 담배를 피우고 있다.

남해 너 쟤들 쫓아 낼 수 있어?
민수 쟤들 애들이잖아요.
남해 자신없냐? 없으면 가자.

민수, 남해를 한번 슬쩍 쳐다보고 고삐리들에게 다가간다.
담배를 입에 문 채 민수를 째려보는 고삐리들.

민수 불 꺼.
고삐리1 군대나 가라. 공익빠질 생각하지 말고-

민수, 주먹을 움켜쥐고 다가서는데 벌떡 일어나는 고삐리들. 3~4명이
된다.
주춤하는 민수. 되돌아간다.

남해 안 돼?
민수 쪽 수가 많잖아요.
남해 애들이라면서.
민수 사장님이 해 보세요.
남해 뭘 내가 하냐, 그냥가지.

씩 웃는 민수.

남해 왜 웃냐?

남해, 고삐리들 쪽으로 다가간다.

민수의 시선으로
남해가 고삐리들 앞에 서자 갑자기 뒤로 물러서며 사라지는 고삐리들.

민수 ??

민수, 뭔가 이상해서 뒤돌아보면 어디선가 상식이 조직원들을 데리고
나타나 있다.
남해에게 다가오는 상식.

상식 사장님. 본동애들의 동태가 심상찮습니다. 아무래도 사장님께서 경고를 한
번 주셔야 할 거 같습니다.
남해 먼저 나서지 말고 애들 단속이나 잘 해.
상식 알겠습니다.
남해 가 봐.

50. 아파트 거실(내부, 밤)

거실로 나오는 민수.
LCD 대형화면에 갯바위에서 바다낚시를 하는 장면이 나온다.
들어서는 민수, 화면을 보고 눈이 휘둥그레진다.
캔맥주를 마시고 있는 남해.

민수 뭐예요?
남해 바다낚시.
민수 낚시를 좋아하시나 봐요.
남해 바다가 좋지.
민수 바다가 좋아요?
남해 어릴적엔 바다에서 낚시를 많이 했어.

캔 맥주를 건네는 남해. 따서 마시는 민수.
화면속의 낚시꾼과 먼 바다.
화면을 멍하니 쳐다보는 남해.

민수 왜 깡패가 됐어요?
남해 넌 왜 바둑을 두게 됐냐?
민수 엄마가 바둑을 두라고 해서요. 혹시 엄마가 깡패 되라고 그랬습니까?
남해 되라고 한 적은 없었지만 내가 누굴 때리고 들어오면 잘했다고 칭찬한 적은
있었지.
민수 그게 그거지. 엄마가 깡패되라고 했네.
남해 우리엄마 내 중학교 2학년 때 죽었다.

화면에 릴을 낚아채는 낚시꾼.

남해 한 마리 잡았네!

51. 서봉수 바둑연구실(내부, 낮)

바둑판위에 가득한 돌.
민수와 둔 바둑을 복기를 하고 있는 서봉수.

서봉수 (한쪽을 뜯어내 순식간에 모양을 만들고) 이 자리를 튼튼하게 이어놓고 긴
승부로 갔으면 흑이 좋아 보이는데 왜 손을 뺏지?
민수 …
서봉수 뭐 요즘 젊은 기사들이 우리보다 세니까 내가 뭐라 할 입장은 아니지만
남해 (지도료를 내 놓으며) 한 수 배우고 갑니다.

자리에서 일어나는 남해. 민수.

52. 교외 가든(내부, 낮)

창밖으로 남한강이 보이고
숯불 석쇠위의 고기.
고기를 멍하니 쳐다보고 있는 민수.

남해 왜 안 먹어?
민수 저 이번 입단대회 포기하겠습니다.
남해 왜?
민수 자신이 없어요.
남해 알고 시작한 거 아니냐?
민수 운이 좋아 입단하더라도 지금 입단해서 뭐 하겠어요.
남해 뭐하다니 프로기사 하면서 살지.
민수 타이틀도 하나 못 따는 프로기사 그거 하면 뭐해요.
남해 그게 무슨 말이냐!? 타이틀을 못 따면 프로기사가 아니냐? 이세돌이만 프
로기사고 박지성이만 축구선수냐? 다른 축구선수는 선수도 아니냐?!
다른 사람 인생은 인생도 아냐?!

놀라서 남해를 바라보는 민수.

남해 바둑이 먼저냐, 사는 게 먼저냐?
민수 …
남해 그걸 알면 고수다. … 그걸 잊지마라.

53. 남해 사무실(내부, 낮)

종태 형님. 이번 상가 재개발은 어차피 형님이나 나나 서로 양보할 수 없는 일이고
하니 협력합시다. 이제 전쟁 그만하고 인걸이 하고 같이 걸작 한번 남깁시다.

남해 …

종태 천수야 너 인걸이한테 잘해라.

천수 예, 형님.

민수, 한쪽구석에서 가만히 앉아있다.

종태 쟤가 형님 바둑선생이오? 야, 야! 우리형님이 너하고 바둑 두고부터 성인군
자가 되어 버렸다.

민수 …

54. 역전기원(내부, 낮)

남해와 민수가 지켜보는 가운데 철호와 바둑을 두는 인걸.
인걸의 돌이 축에 몰린다. 모르고 나가는 인걸.
철호가 다시 몰자 계속 나가는 인걸
철호, 인걸의 눈치를 보며 조심스럽게 한 번 더 몬다.

남해 임 부장 그거 축 아냐?

인걸 (깜짝 놀라는 인걸! 그러나 이내 정신을 가다듬고)

군대에서는 축 같은 거 신경 안 써요.

열이 받아 있는 힘을 다해 바둑판위에 돌을 놓는 인걸. 바둑판이 휘
청한다.
겁에 질린 철호, 돌을 살금살금 갖다놓는다.
세게 내려치는 인걸의 손.
철호, 불안한듯이 자리에서 일어나서 서서 바둑을 둔다.
인걸, 다시 내려치는데 돌이 튀어 나간다.

남해 임 부장 애 놀라겠다.

송 원장 애 잡겠다.

인걸 너 계속 몰거냐?

철호 (여차하면 도망 갈 자세로) 바둑교실 선생님이 축은 끝까지 몰아야 된다고 배
우기를 그렇게 배웠어요.

광팔 선생이 애를 좆 같이 가르쳤네.

마침내 마지막 축까지 몰린 인걸의 대마.
축으로 몰린 돌의 모양이 기이하다.
이때 광팔에게 슬쩍 눈짓을 하는 인걸.
광팔의 얼굴에 이상한 웃음이 보이면서

광팔 철호야, 저기 너거 아버지 왔네!

깜짝 놀라서 뒤돌아보는 철호.
그 순간 두 수를 한꺼번에 후다닥 놓는 인걸.
철호, 다시 바둑판으로 눈길을 돌리는데 축으로 몰린 인걸의 대마가
살아나면서 거꾸로
철호의 돌이 다 죽어있다.

철호 (눈이 휘둥그레지며) 아저씨, 두 수를 한꺼번에 놓았죠?

인걸 내가 무슨 기술자냐 임마. 두 수를 한꺼번에 놓게.

철호 두 수를 한꺼번에 놓았잖아요!

인걸 어린놈이 사람 잡네. 야! 광팔아, 내가 두 수를 놓았나?

광팔 형님이 무슨 기술자요, 두 수를 한꺼번에 놓게.

인걸 거 봐, 임마.

울상이 되는 철호.
착점을 못하고 남해를 흘깃흘깃 쳐다본다.

286

남해 임 부장, 어린아이한테 그러지 마라.

인걸 왜요? 제가 무슨 애한테 못할 짓이라도?

남해가 판 위에 돌을 다시 원위치 시켜 놓는다.
철호가 한 수를 놓자 마침내 다 죽는 인걸의 대마.
인걸, 철호를 때리려고 손을 치켜드는데

철호 (피하며) 저기 싸움 났네!

건너편에서
용배와 호구가 쌍빙 먹살을 잡고 흔들어댄다.
쫓아가서 뜯어 말리는 광팔.

호구 야! 이 사기꾼같은 새끼야! 돌을 고의적으로 한 칸 밀어놓고 뭐 소매에 걸렸
다고!
용배 워매! 이런 잡놈 좀 보소! 바둑 두다가 옷에 돌이 걸린 걸 가지고 생트집이네!
광팔 그만들 하쇼- 옷 찢어지겠다.

밀고 당기다가 결국 찢어지려 하는 용배의 내복.

용배 (비명에 가까운 소리로) 옷 찢어진다 ~ 아

55. 상가(외부, 낮)

남해와 인걸, 종태, 민수가 상가를 둘러본다.
머리에 흰 띠를 동여매고 배수의 진을 치고 있는 상인들.
남해 일행이 지나가자 경직된 얼굴로 노려본다.
상인들 앞을 지나가는 남해 이하.

56. 상가 임시 사무실(내부, 낮)

건설사 사장과 접대바둑을 두고 있는 민수.
남해, 인걸, 일수회 보스인 종태가 지켜보고 있다.

남해 박 사범 여기 사장님께선 대학시절 대학패왕전에 우승까지 한 분이야.
사장 우리는 옛날바둑이고 젊은 직원의 기력이 대단하군요.
내가 두 점에도 안 될 것 같네요.
남해 사실 저 친구 실력이 웬 만한 프로기사보다 한 수 위입니다.
사장 사장님도 바둑을 잘 두시나봅니다.
남해 사장님에 비하면 한참 하수죠.
사장 상인들은 문제없겠어요? 상가번영회 회장놈이 독종입니다.
남해 그건 우리에게 맡기시면 됩니다.
사장 반발이 만만찮을 텐데요.
남해 깨부숴야지요.
사장 실수없도록 하세요. 초전 박살내라는 말입니다.

민수의 손, 바둑돌을 놓으려다 말고 멈칫한다.

사장 없는 놈들은 무조건 밟아야지 세상이 편해집니다.

…

두다말고 돌 통을 통째로 바둑판위에 올려놓는 민수.
민수의 행동에 놀라는 남해!

사장 이 친구 왜 이래!

자리에서 일어나는 민수.

종태 야! 너 왜 이래!

민수 (남해에게) 저 이런 사업에 접대바둑 같은 거 못 두겠습니다.

죄송합니다. 사장님.

사장 젊은 사람이 바둑은 잘 두는데 매너가 형편없구만. 바둑두다말고 이게 무슨

짓이야!

남해 앉아.

민수 가겠습니다.

인걸 야! 이새끼야! 바둑에서도 아생연후살타라는 말이 있잖아!

우선 살고 봐야 할게 아냐 임마!

민수 아생연후살타요 … 그거 그런 거 아닙니다.

인걸 (일어나며) 이 새끼가!

한 방 날리는 인걸. 쓰러지는 민수.

인걸 바둑깨나 두는 놈이 그렇게 눈치가 없어?!

비실거리며 일어나는 민수.

쌓아놓은 드럼통에 발이 걸려 넘어진다.

민수 바둑은 서로가 한 수씩 두는 세상에서 제일 공정한 게임입니다.

이건 아니잖아요. 이런 바둑이 세상에 어딨습니까?

밖으로 나가는 민수.

남해 …

57. 클럽(내부, 밤)

이동우 프로9단의 국수타이틀 우승 축하연이 열리고 있다.
남. 녀 프로기사들이 모여 시끌시끌한 실내. 스테이지에서 노래를 부르는 사람.
계속 술만 마시고 있는 민수.
웨이터가 "국수전 우승" 이라는 글씨가 새겨진 케익을 들고 온다.

여류기사 이 9단. 이제 이 국수라고 불러야겠네. 축하해, 이 국수.

이 9단이 케익의 촛불을 입으로 불어서 끄자 주위에서 박수를 친다.

프로기사1 박 사범. 이번 입단대회에 안 나가?
프로기사2 야! 지금 입단해서 뭐 하나 차라리 아마추어로 있으면서 성적을 내는 게 낫지.
동우 너희들 왜 그러냐 모처럼 나타난 사람 기죽이는 것도 아니고.
프로기사2 기죽이는 것이 아니고 프로세계는 그만큼 고수가 많다는 거지.
민수 누가 나 보고 나도 고수라는데.

58. 술집(내부, 밤)

소주를 마시는 민수. 옆으로 빈 소주병 2개

59. 역전기원 골방(내부, 밤)

들어오는 민수.
자고 있는 철호의 옆으로 가서 쓰러진다.

쓰러진 채로 철호의 다리를 아무렇게나 끌어안고 얼굴을 묻는다.

60. 역전기원(내부, 새벽)

한쪽으로 불이 꺼져 어둡고 다른 한쪽으로는 방내기꾼들이 야통 바둑을 두고 있다.
송 원장과 용배가 의자를 길게 붙여놓고 스펀지 방석을 배위에 덮은 채 정신없이
자고 있다. 그 옆 탁자위에 빈 소주병들.

cut to

골방
·········

자리에서 일어나는 민수.
자고 있는 철호에게 홑껍데기를 덮어주고 나오는 민수.

61. 거리(외부, 새벽)

달리는 승용차의 뒷좌석에 앉아 창밖을 바라보던 남해, 앞에서 걸어가고 있는 민수를 발견한다. 민수의 앞으로 서는 차.
차에서 내리는 남해.
걸어오는 민수를 바라본다.
민수, 남해를 발견하고 발길이 멎는다.

...

62. 순대국집(내부, 새벽)

나무탁자 위에 순대국, 소주, 마주 앉은 두 사람.

남해 새벽에 나오면 … 사람이 없는 한적한 거리가 좋거든.
고향을 떠나 처음 서울에 왔을 때도 새벽이었어 … 겨울이었는데… 춥더군 … 갈
곳이 막막했지.

소주를 한잔 쭉 들이키는 남해.

남해 며칠 후면 입단대회네.
민수 …
남해 대회는 나갈 거냐?
민수 (고개를 가로 젓는다.)
남해 넌 아직 어려서 사는 걸 몰라.
민수 사람들은 그러더군요. 뭐든지 하다가 안 되면 살기 위해서라고요.
남해 넌 살기 위해서 그런 적 없냐?
민수 …
남해 세월이 흐르고 살아보면 그것 밖에 안되는데 … 내리는 비를 보면 앞이 가물
가물하다.
민수 …
남해 넌 입단을 못해 프로가 아닌 아마추어고 난 인생을 잘못 살아 인생아마추어다.
그래도 넌 나이가 있으니까 지금부터라도 노력해서 입단하고 꼭 프로가 되어 살아.
민수 …

소주를 한 잔 쭉 들이키는 남해.
남해의 빈 잔에 술을 따르는 민수.

남해 민수야!

민수 …

남해 대회에 나가라.

민수 …

남해 나 상가 포기한다. … 약속한다.

민수, 남해를 쳐다본다.

남해 정말 인생이 바둑이라면 첫 수부터 다시 한 번 두고 싶다.

…

63. 순대국집 앞(외부, 새벽)

민수의 시선으로 걸어가는 남해.

…

64. 입단대회장 1일째(내부, 낮)

제 64회 입단대회란 플랜카드가 걸려있고
한쪽 켠에서 대국에 열중인 민수.

cut to

대진표에 승패를 기록하는 관계자들.

cut to

민수와 상대선수가 공배를 메우고 계가를 한다.
관계자가 다가와서 승패를 확인한다.
대진표란 박민수의 이름에 동그라미를 표기한다.

cut to

아무도 없는 텅빈 대회장에 남해가 들어와 대진표에 새겨진 민수의
동그라미를 확인하고
나간다.

65. 상해 나이트 앞(외부, 낮)

일수회 행동대원들을 실은 봉고차들이 들어오고
남해의 조직원들이 총 집결한다.

66. 입단대회장 2일째(내부, 낮)

착점하는 민수. 비장한 모습이다.
민수의 맞은편에 앉아있는 상대는 10대의 어린 선수다.

cut to

대기실

대회 관계자와 출전 선수의 가족들이 초조하게 대국의 결과를 기다
리고 있다.
한쪽에서는 바둑판위에 복기를 하고 있는 사람들도 보인다.

67. 상가(외부, 낮)

상가 사람들이 스크럼 을 짜고 진지를 구축하고 있다.
잠시 후 들이닥치는 봉고차들.
봉고차에서 우루루 내리는 조직원들.
천수가 이끄는 조직원들과 상식이 이끄는 부하들이
제각기 각목과 야구배트를 들고 쳐들어간다.
뒤에서 지켜보고 있는 남해와 인걸.
파죽지세로 밀고 들어가는 조직원들, 마구잡이로 두들겨 패며 진지를
와해시킨다.
완강하게 저항하는 상인들,
상인들을 무차별로 끌어내는 조직원들.
여기저기서 머리가 깨지고 얼굴이 터지고 일시에 아비규환이 된다.
질질 끌려 나가며 끝까지 발악하는 상인들.

68. 대국장(내부, 낮)

바둑판위에 40~50여수가 놓여 있다.
착점하는 10대 선수 어린데도 불구하고 손 맵시가 사납다.
착점하는 민수.
착점하는 10대 선수.

69. 상가(외부, 낮)

난투극을 벌이고 있는 사람들
…
어떤자리.

바닥에 있던 바둑판과 돌통을 통채로 던지며 저항하는 상인들.
바둑돌이 사방에 흩어지며 혼란 속으로 뒤섞인다.
남해의 묘한 표정.
시간이 갈수록 상인들의 세력이 무력화 된다.

70. 대국장(내부, 낮)

착점하는 민수!
착점하는 10대 선수!

71. 상가(외부, 낮)

끌려 나오는 상인들 중 아줌마.
조직원1이 발버둥치는 아줌마를 바닥에 내 팽개친다.
바닥에 나뒹구는 아줌마.
눈살이 찌푸려지는 남해.
이번엔 조직원2가 상인할머니의 머리채를 꽉 움켜쥐고 끌고나간다.
싸우던 상인쪽의 사내가 그 조직원2의 뒷덜미를 낚아챈다.
그 순간 조직원3이 사내의 머리를 배트로 내려친다.
앞으로 고꾸라지는 사내.
남해의 표정이 …
조직원2가 다시 상인할머니의 머리채를 잡고 질질 끌고 나간다.

남해 … 철수시켜.

인걸, 머뭇거리다가 달려가서 싸움을 중지 시킨다.
천수와 일수회 조직원들은 계속해서 각목을 휘두르며 상인들을 끌고 나간다.

뜯어말리는 인걸.

지시에 따르지 않는 일수회 조직원들.

인걸이 일수회 조직원들을 두들겨 패기 시작한다.

지켜보던 상식을 비롯한 부하들이 합세해서 일수회 조직원들을 공격한다.

...

72. 대국상(내부, 낮)

중반전이 넘어 진행된 바둑판.

10대 선수가 반상위를 노려보고 있다.

고개를 숙인 채 눈을 지긋이 감고 있는 민수.

착점하는 10대 선수.

반사적으로 눈을 뜨는 민수.

반상위에 돌들이 아른아른한다.

...

화면이 겹치면서

바둑판 속으로 눈이 내리고 남해가 사람들 사이를 걸어간다.

73. 거리(외부, 낮)

눈이 내리는 거리를 걸어가는 남해.

74. 눈 내리는 공원(외부, 낮)

벤치에 앉아있는 남해. 앞으로 공이 굴러온다.
남해, 허리를 굽혀 공을 줍는다.
남해앞에 서는 아이(6세)
공을 건네는 남해.
남해의 얼굴을 힐끔힐끔 보면서 공을 받지 못하고 주저하는 아이.

75. 봉천동 고갯길(외부, 낮)

가고 있는 남해.
눈이 펄펄 내린다.

76. 허름한 집(외부. 낮)

마루에 걸터앉아 먼 곳을 바라보고 있는 옛날 남해의 조직 보스 이수.
목발을 하고 있다.
들어서는 남해.

…

남해 저 왔습니다. 형님.
이수 동상 왔구만.
남해 나와 계십니다.
이수 갑갑힐 땐 밖이 좋네.
남해 얼굴은 여전하십니다.
이수 자네 덕분이제. 자네가 이거(다리)만 거두었으니 …

남해 …

이수 근데 어쩐 일인가? 나허고 아직 볼 일이 남아 있는가?

남해 형님 한번 뵐려구요.

이수 별일이여.

남해 …

(시간경과)

계속 내리는 눈
이윽고 이수가 몸을 움직인다.

이수 초겨울인데 눈이 쏠쏠혀다. 조심혀서 가.

앉은 채 몸을 돌려 방으로 기어 들어가는 이수.
남해의 머리위로 하염없이 내리는 눈.

…

77. 상가 임시 사무실(내부, 낮)

시공사사장과 종태, 천수가 앉아 있다.

종태 어떤 식으로든지 제가 마무리할 테니까 걱정하지 마십시오.

담배를 뻑뻑 피우며 한숨을 쉬고 있는 사장.
일어나서 나가는 종태,
뒤따라가는 천수.

78. 대국장(내부. 낮)

대진표.
민수의 자리에 동그라미(승리)가 표시된다.

79. 어느 기원(내부, 낮)

기원원장과 바둑을 두고 있는 남해.J

남해 (돌을 놓으려다 말고) 기원하면 밥은 먹고 삽니까?
원장 밥이야 먹지 않겠어요 … 씹할!
손님(V.O) 원장님! 짜장밥 하나 시켜주쇼!

자리에서 일어나는 기원원장.

남해 …

80. 역전기원(내부, 밤)

송 원장 우리 역전기원출신으로서 입단대회 최종전에 올라간 박민수 사범의 입
단을 기원하면서 건배!

건배하는 기원 식구들!

철호 형. 오늘 형이 둔 바둑을 놓아 보니 초반에는 꽤 불리했던데.
송 원장 뭐가 불리해, 임마!
철호 원장님은 바둑이 약해서 몰라요.

300

송 원장 바둑이 약해?! 야! 이 새끼야, 너 당장 이리 나와. 나하고 방내기 야통으로 한번가자!

용배 원장님, 왜 이러시오. 애가 하는 소리가지고.

송 원장 애가 너무 심하잖아.

광팔 야! 민수야 한마디 해라.

민수 꼭 입단하겠습니다.

철호 박수!

사람들이 박수를 치는데 철호의 머리를 때리는 송 원장.

81. 상해 나이트 룸(내부, 밤)

남해 바둑은 다 둔 거 같은데 끝내기가 안된다.

인걸 원래 바둑에서 끝내기가 제일 어렵잖아요.

남해 (씩 웃으며) 너 정말 군대3급은 맞냐?

인걸 형님도. 그럼 내가 없는 말을 지어냈단 말입니까?

남해 군대는 갔다 왔냐?

인걸 형님, 왜 이러시오. 애들처럼.

남해 인걸아

인걸 예. 형님.

남해 다 그만두고 내려가고 싶다.

인걸 형님. 왜 그리 약한 소릴 합니까?!

남해 나도 이제 나이가 들었나보다.

인걸 형님. 종태 그 새끼 나쁜 놈이긴 한데, 이번 상가 작업은 사실 우리 애들도 그렇고 형님이 한 번 더 생각해 보시는 게 …
나이트도 언제까지나 저희들이 관리 할 수 있는 것도 아니고.

남해 인걸아

인걸 예.

남해 나도 애들한테 미안하고 너한테도 미안하고 그렇다. 근데 … 상가는 건드리지 마라.

인걸 알겠습니다.

남해 내가 원망스럽냐?

인걸 저 지금까지 살면서 한 번도 형님 원망한적 없습니다.

남해, 술잔을 비우자 빈 잔에 양주를 정성스레 다시 따르는 인걸.

82. 경찰서(내부, 밤)

도박으로 잡혀 온 아줌마부대.
한쪽으로 경자의 모습.
들어오는 민수.

형사 이경자씨 보호자 되나요?

민수 예. 제 어머니예요.

형사 아줌마도 이런 자식을 두고 그게 무슨 짓이오.

경자 걔도 내기 바둑꾼이라요.

형사 예?

경자 내기바둑! 바둑도 몰라요!

형사 이 아줌마가 내가 왜 바둑을 몰라! 나도 기원에 가면 방내기 전문인데.

경자 그래, 방내기까지 아는 분이 친구들끼리 고스톱 몇 판 친 거 가지고 이 난립니까!

형사 아니, 이 아줌마가!

83. 길(외부, 밤)

걸어가는 두 사람. 카메라 롱 샷.

경자 그 깡패두목인지 뭔지 하는 사람은 아직도 바둑을 가르치나?
민수 이젠 안 해.
경자 잘했다. 깡패 가까이 해가 좋을 게 뭐 있겠노?
민수 엄마 화투 안하면 안 돼?
경자 너거 아부지 노름 못하게 할라고 쫓아다니다가 미친년처럼 내가 고마 화투를 만지게 되가 … 니도 너거 아부지처럼 노름쟁이 될까봐 겁이 나서 바둑을 시켰는데… 괜히 시켰나 싶고
민수 바둑이 좋다고 할 땐 언제고!
경자 그땐 그때고.

전방에 민수의 집(다세대주택)이 보인다.

민수 (머뭇머뭇)
경자 와 나한테 할 말 있나?
민수 …
경자 다음 주에 너거 아버지 제산(기일)데 올래?
민수 (끄덕끄덕)
경자 나 들어간다. 어제 밤 세웠더니 피곤하네.

집 쪽으로 가는 경자.

84. 상해나이트 앞(외부, 밤)

들어가는 민수.

cut to

홀 안
·········

남해를 만나러 온 민수.
남해는 없고 민수를 힐끔힐끔 쳐다보는 조직원들의 분위기가 뒤숭숭
하다.
밖으로 나가는 민수.

cut to

내실
·········

문을 여는 민수.
남해가 보이지 않자, 문을 닫고 나간다.

85. 남해 사무실(내부, 밤)

들어서는 민수.
남해가 소파에 앉아 어떤 바둑을 복기하고 있다.
마주앉는 민수.

민수 누가 둔 바둑이예요?
남해 이세돌 9단하고 중국의 구리9단.
민수 보면 알아요?
남해 나도 볼 줄은 안다. 끝내기를 잘해서 이세돌 사범이 이긴 것 같은데 (착점하
며) 여길 젖히고 이은 게 결정타 아니냐?
민수 맞았어요. 대단한데요.

남해 정말이냐? 난 멋도 모르고 대충해 본건데 아마추어도 맞출 때가 있네.

민수 사장님 아마추어 아닙니다.

남해 야! 나 생아마추어다.

민수 사장님 프로예요.

남해 내가 무슨 프로냐?

민수 돈 받아내는 건 프로잖아요.

제일 중요한 게 프론데 왜 아마추어라 그러세요.

남해 돈이 중요한 줄은 아냐?

민수 돈이 안 걸리면 전 바둑을 안둡니다.

담배를 물고 불을 묻이는 님 해.

남해 바둑은?

민수 이겼어요.

남해 내일 대국만 이기면 입단이네.

민수 마지막이 늘 고비예요.

남해 술 한 잔 할래?

양주를 꺼내 한잔씩 따르는 남해.

민수 내일 대국인데.

남해 그래서 마시는 거야.

술잔을 부딪치는 두 사람.

남해 돈이 안 걸리면 바둑을 안 둔다고?

민수 …

남해 술을 알면 프로고 돈을 알면 아마추어다.

민수 …

술을 마시는 남해.

남해 싸움에서 상대에게 기가 눌리면 지거든.
그건 바둑이나 싸움이나 비슷해.
큰 승부일수록 기에서 밀리면 끝이다.
민수 …

86. 복도 앞(내부, 밤)

목례를 하고 가는 민수.

남해 꼭 이겨.

…

87. 입단대회장 3일째 마지막 날(내부, 낮)

실루엣 몽타주 기법으로 민수와 대국이 한 수 한 수 진행된다.

88. 종태 아지트(내부, 낮)

상식을 데리고 들어서는 천수.
상식 종태에게 다가가서 90도 각도로 인사를 한다.

종태 (상식에게) 상황정리가 되면 나이트는 이 부장이 계속 맡아서 영업을 하도록
해. 애들도 이 부장이 관리하고.

상식 알겠습니다. 사장님.

종태 근데 말이야 한 가지 곤란한 게 넌 원래 남해형 밑에 있었는데 내가 널 뭘 믿고 모든 걸 맡기냐?

상식 믿어주십시오. 형님.

종태 믿게 해 줘야지.

상식 … ?

천수가 탁자 밑에서 사시미 칼을 끄집어 내 놓는다.

…

89. 대기실(내부, 낮)

광팔과 송 원장을 비롯해 기원식구들이 총출동해서 관전하고 있다.
다리를 계속해서 떨고 있는 철호.
송 원장이 떨고 있는 철호의 다리를 꽉 잡는다.

90. 대국실(내부, 낮)

바둑판위로 떨어지는 돌들.

91. 상해나이트 홀(내부, 낮)

무대 위에서 조직원들이 무대 위 기계를 점검하고 있다.

인걸 (무대아래서) 야! 조심해라! 다치겠다. 상식이는 어디갔냐?

부하 상식이 형님 사우나 갔습니다.

입구에 문이 열리고 천수와 조직원들이 들이닥친다.

부하 형님!
인걸 이 새끼들이!

싸움이 시작 되는데 주먹과 각목, 쇠파이프가 왔다 갔다 하면서
홀 안은 순식간에 살벌한 전쟁터가 된다.
좌충우돌 하면서 정신없이 치고받는 인걸.
천수의 행동대원들에게 집중공격을 받는다.
각목을 휘두르며 배수의 진을 치는 인걸.
사방에서 행동대원들이 인걸을 공격한다.
한켠에서는 천수와 일수파에 의해서 인걸의 조직원들이 하나 둘씩 쓰
러진다.
행동대원들에게 어깨와 몸통을 공격당하는 인걸. 이리저리 피하는데
뒤에서
행동대원1이 쇠파이프로 인걸의 머리를 내려친다.
머리가 터지고 고꾸라지는 인걸.
행동대원1이 다시 인걸의 머리를 향해 쇠파이프를 날리는 순간 가까
스로 몸을 돌려 쇠파이프를 막는 인걸. 앉은 채로 쇠파이프를 뺏어
행동대원1의 얼굴에 타격을
가한다. 한 방에 얼굴을 감싸고 비명을 지르며 뻗어버리는 행동대원1.
비틀거리며 일어나는 인걸. 쇠파이프를 움켜쥔 채 천수에게 다가간다.
그 때 문 입구에서 들어서는 종태와 … 상식, 뒤로 부하들 …
인걸과 종태가 마주선다.

종태 야! 너도 동생들 생각해야지. 언제까지 밑만 닦고 살래?
상식 형, 같이 삽시다.

인걸이 반응이 없자
상식, 천수를 비롯해서 행동대원들이 쇠파이프를 쥐고 인걸과 부하들
을 포위한다.
인걸 뒤로 주춤한다,
인걸의 남은 부하들은 이미 전의를 상실했다.
…
멍한 인걸의 얼굴. 이마에서 피가 주르르 흘러내린다.
종태, 공격하려는 행동대원들을 잠시 막는다.
…
인걸의 손에 들린 쇠파이프가 … 바닥에 떨어진다.

92. 대국장.(내부, 낮)

착점하는 민수.
착점하는 민수의 상대.

93. 대기실(내부, 낮)

철호가 광팔과 송 원장, 용배(찢어진 내복차림)가 지켜보는 가운데 민
수의 대국을 복기 해 놓고 열을 올리고 있다.
그 때 어떤 사람이(이세돌9단) 지나가다가 철호의 복기판을 잠시 서서
바라본다.
당황하는 철호!
이세돌 9단과 눈이 마주친다.
철호를 보고 빙긋이 웃는 이세돌9단.
철호 얼떨떨하다.
철호의 머리를 장난스럽게 쓰다듬어 주고 밖으로 나가는 이세돌9단.

철호 저 사람 누구야? 기분 나쁘게 실실 웃네.

광팔 너 저 형 누군지 몰라?

용배 나는 알지.

철호 누군데요?

송 원장 저 형이 너거 아버지한테 바둑배운 이세돌 사범이다. 이놈아!

철호 뭐 세돌이 형! (자리에서 벌떡 일어나며) 햐! 못 알아보겠네. 많이 변했네.

철호의 머리통을 치는 송 원장.

94. 대국장(내부, 저녁)

반상을 노려보고 있는 민수.
마주하고 있는 상대, 어깨에 힘을 주고 철벽처럼 버티고 앉아 있다.
자리에서 일어나는 민수.

95. 화장실 앞(내부, 저녁)

화장실에서 나오는 민수.
핸드폰을 열어 저장된 번호를 검색하면 '깡패두목' 이라고 나온다.
민수, 전화를 걸까 망설이다가 번호를 누른다.
신호가 가는데 전화를 받지 않는 남해.
계속해서 전화를 받지 않는 남해.
핸드폰을 닫는 민수.
대국장으로 들어간다.

96. 대국장(내부, 저녁)

바둑이 중반전을 넘어선다.
착점하는 민수의 상대.
곧 바로 초시계를 내려친다.
착점하는 민수.
초시계를 내려친다.
계속해서 착점하자말자 급하게 시계를 누르는 두 사람.
숨이 멎을 정도로 긴장된 분위기다.
착점하는 상대.
초시계를 내려치고 …
바둑판을 바라보는 민수의 얼굴이 초조하다. 뭔가에 쫓기는 듯 표정
이 흔들리고 있다.
민수, 두다말고 남해에게 핸드폰을 한다.
…
신호가 계속 가는데 받지 않는 남해.
…
착점하는 민수.
초시계를 내려치고
다시 핸드폰을 쥐는 민수.
핸드폰을 쥔 손이 미세하게 떨린다.
민수를 흘깃 쳐다보는 상대.
돌을 착점하며
다시 초시계를 내려친다.
민수, 돌통속에 돌을 집어 든다.
많이 흔들리는 민수의 얼굴.
째깍! 째깍! 초시계 소리가 민수의 귓속을 맴돈다.
초침은 계속해서 돌아가고
민수의 왼손에 들린 핸드폰의 전화 신호소리도 계속해서 간다.

째깍! 째깍! 착점하는 상대
째깍! 째깍! 착점하는 민수
째깍! 째깍! 핸드폰 신호소리!
째깍! 째깍! 핸드폰 신호소리!
민수의 얼굴위로 87씬(상해 나이트. 뒤숭숭한 조직원들의 분위기)이 겹
친다.
째깍! 째깍! 착점하는 상대
핸드폰을 판 옆에 내려놓는 민수.
통속에 돌을 한웅큼 끄집어내어 양손에 꽉 쥔다.
생각에 잠기는 듯 돌을 놓을 듯 하다가 갑자기 돌을 통속으로 던지고
쫓아 나가는 민수!

97. 대기실(내부, 저녁)

뛰쳐나가는 민수!
놀라는 사람들!!

송 원장, 광팔 !??

98. 남해 사무실 건물 앞(내부, 밤)

뛰어 들어가는 민수.

99. 복도(내부, 밤)

허겁지겁 뛰어와서 사무실 앞에 서는 민수.

문을 두드리다 말고 그냥 밀고 들어가는 민수.

100. 남해 사무실(내부, 밤)

들어서는 민수.
텅 빈 사무실안에 아무도 없다.
…
남해 방 앞으로 가서 서는 민수.
…
문을 밀고 들어가는 민수.
…
남해가 소파에 앉아있나.
조명이 전반적으로 어두침침한데 소파 탁자 위만 밝다.
탁자 위.
여섯 점이 놓인 바둑판.
마주앉는 민수.

남해 바둑은 끝났어?
민수 (끄덕끄덕)
남해 입단한 거야?
민수 입단 못했습니다.
남해 졌어? 이번에 안 되면 다음에 하면 되고 다음에 안 되면 그 다음에 하면 되지 뭐. 바둑이 끝나면 여기로 올 것 같아서 미리 6섯 점을 놓았다.
이 바둑이 박 사범하고의 마지막 대국 같아 … 나 시골로 내려간다.
민수 …
남해 둬.
민수 …
남해 두라니까.

돌을 쥐는 민수.

남해 (돌을 놓으며) 평해에 가 본 적 있어?
민수 아니오.
남해 동해안에 있는 작은 읍인데 그곳에서 기원이나 하나 차려놓고 살면 어떨까?
민수 군도 아니고 읍에서 영업이 되겠어요.
남해 영업이 안 되면 바다낚시나 다니지 뭐.
민수 그러면 되겠네요.
남해 월송정이라고 소나무 밭 앞으로 은빛 백사장이 끝없이 펼쳐져 있는데 … 내가 내려가면 한번 다녀갈래?
민수 예.
남해 백사장에서 바다를 바라보며 바둑을 한 판 두면 좋을거야.
민수 (끄덕끄덕)

바둑판위로 차곡차곡 놓여지는 돌들.
…
문 입구에서 문이 열리고 들어서는 사내들의 하반신
…
연장을 찬 조직원들이 입구를 봉쇄하고
천수와 상식이 바둑판 곁으로 다가온다.

천수 죄송헙니다 형님.
남해 종태가 보냈나?
천수 그렇구만이라.
남해 (돌을 놓으며) 인걸이는 잘 있나?
천수 인걸이 형님은 잘있구만이라.

고개를 끄덕이며 상식을 쳐다보는 남해.
남해의 시선을 피하는 상식.

민수를 일으키는 천수.
일어나지 않는 민수.
천수, 민수를 내려치려는데

남해 내 바둑선생인데 … 바둑이 남았어.
천수 형님. 시간은 많이 못 드립니다. 속기로 두시시오.

바둑돌을 놓지 못하는 민수.
바둑판을 물끄러미 바라보고 있는 남해.
남해를 쳐다보는 민수.
민수의 슬픈 눈.
…
한 수를 놓는다.
묵묵히 반상위에 돌을 놓는 남해.
…
돌을 들고 있는 민수의 손이 떨린다.
…
무덤덤한 남해의 얼굴.
민수, 들고 있는 돌을 바둑판위에 떨어뜨린다.
떨어진 돌을 다시 집는 민수.
돌을 놓지 못한다.
…
눈짓하는 천수.
조직원들이 와서 민수를 강제로 끌고 나간다.
발버둥치며 끌려 나가는 민수. 있는 힘을 다해 조직원들을 뿌리치려
한다.
문 입구까지 와서 돌아보면
사시미 칼을 쥐고 남해 앞으로 다가서는 상식과 천수.
조직원들이 남해의 뒤를 겹겹이 둘러싸고 있다.

민수, 잡고 있는 조직원들의 얼굴을 주먹으로 치고 남해 쪽으로 가려한다.
그때 민수의 어깨를 쇠파이프로 내려치는 조직원1.
민수, 맞으면서 다시 남해 쪽으로 다가가려 한다.
쇠파이프로 이번엔 민수의 복부를 내지르는 조직원1.
주저않는 민수. 그 자세로 남해 쪽을 쳐다보면
사시미 칼을 남해의 복부에 겨냥하는 상식.
남해가 상식을 쳐다보면 상식이 자세를 낮춘 채 들어온다.
제자리에서 손으로 상식의 칼을 막는 남해.
옆으로 다가서는 조직원들의 팔을 꺾어 버린다.
팔이 꺾인 채 쓰러지는 조직원들.
쓰러진 민수와 눈이 마주치는 남해.
쇠파이프로 남해를 내려치는 조직원들.
선 채로 쇠파이프를 팔로 막고 고개를 돌려 피하는 남해.
이때 그 틈을 비집고 다시 들어오는 상식의 칼.
몸을 트는데 비슷하게 남해의 몸에 스며드는 칼.
그 상태로 별 저항없이 앞을 바라보며 상황을 인지하는 남해.
그 장면을 목격한 민수가 다시 힘을 다해 일어난다.
쇠파이프를 탈취하는 민수. 막고 있는 조직원들을 후려친다.
쓰러지는 조직원들.
조직원들을 헤치고 남해 쪽으로 달려가는데 뒤에서 민수의 머리를 쇠파이프로 내려치는 조직원2. 휘청하는 민수. 머리가 터져 이마에서부터 피가 흘러내린다.
다시 비틀거리며 쓰러지는 민수의 몸통에 둔기로 타격을 가하는 조직원들.
쓰러지는 민수.
…
사시미 칼을 남해의 복부에 담구는 상식.
…

316

민수와 눈이 마주치는 남해.
…

사시미 칼을 담구는 상식.
…

민수의 얼굴에 눈물이 흘러내린다.
…

그 상태로 계속 민수를 바라보고 있는 남해.
다시 담구는 상식.
…

부너지는 스산한 남해의 얼굴.
시선은 여전히 민수 쪽이다.
…

민수를 일으켜 세워 양쪽으로 팔을 끼는 조직원들. 질질 끌려 나가는
민수.
끌려 나가면서 뒤 돌아 보는 민수.
…

담구는 상식.
…

남해의 얼굴.
민수의 얼굴.
남해의 얼굴.
…

페이드 아웃.

101. 엘씨카드배 세계대회(내부, 낮)

공개 해설장

조훈현9단과 박정상9단이 대형 좌석판 앞에서 팬들에게 해설을 시작하고
공중파 방송국과 바둑 티비 중계진이 대회장의 이모저모를 촬영한다.

바둑티비 스튜디오

유창혁 이번에 소개 할 대국은 이번 세계물산배에서 유일하게 아마대표로 본선에 진입해 파란을 일으키고 있는 박민수 아마7단의 대국입니다. 32강전에서 일본의 구로다9단을 꺾고 올라 왔는데요 한국기원연구생 출신이라고만 되어있고 별로 잘 알려져 있지 않은 선수입니다. 상대는 중국의 차세대 유망주 장지아량8단 아닙니까
강나연 장지아량선수는 지난해 자국기전인 이광배에서 우승까지 한 중국의 최정상급기사라고 봐야죠.
유창혁 아마추어로서는 세계대회에서 16강까지 올라온 것이 처음 있는 일인데, 이번 대회 최대 이변입니다. 아! 박민수 선수 지금 돌을 가리고 있군요.

대국장

흑 백이 가려지는 바둑판.
흑을 쥔 장지아량이 첫 수를 천원에 한 수를 놓자

유창혁(V.O) 흑을 쥔 장지아량선수가 첫 수를 천원에 놓는군요. 저 수는 옛날에는 간혹 두어졌지만 현대에 와서는 잘 안 두는 수죠.
강나연(V.O) 어떻게 둬도 이길 자신이 있다는 상대를 얕잡아 볼 때 두는 수가 아닌가요.

고개를 숙이고 있던 민수가 돌 통에 돌을 손에 쥐고 고개를 서서히 치켜들면서
장지아량을 정면으로 노려본다.

유창혁(V.O) 아! 박민수 선수 지금 장지아량 선수를 노려보고 있네요.

이에 질세라 장지아량도 민수를 매섭게 쏘아본다.

강나연(V.O) 장지아량선수도 같이 노려보고 있습니다.

흡사 K1선수들이 시합 전에 주심 앞에서 서로 쳐다보는 모습을 연상
케 한다.
돌을 치켜드는 민수.
순식간에 반상으로 내려치는 민수의 착점에서

…

〈엔딩 크레딧〉

스톤

1판 1쇄 인쇄 2014년 6월 18일
1판 1쇄 발행 2014년 6월 24일

각본 조세래
소설 이상민

발행인 김성룡
편집·교정 김은희
디자인 황선정
펴낸곳 도서출판 가연
주소 서울시 마포구 월드컵북로 4길 77, 3층 (동교동, ANT 빌딩)
구입문의   02-858-2217
팩스   02-858-2219

ISBN 978-89-6897-010-8 13810